硫黄島・あゝ江田島

ItAru KikuMura

JN097151

菊村到

P+D BOOKS
小学館

目次

硫黄島

片桐正俊がはじめて私の前にあらわれたのは、一九五一年四月二十一日の夕方であった。私たちは私のつとめさきである新聞社の応接室で顔をあわせた。そのときかれの着ていた、いくらかくたびれかけた紺サアジの背広の肩さきにこまかな水玉がきらきらひかっていたのを、私はいまでもあざやかに思いうかべることができる。

「雨になったんですね」と私は言った。それは私のかれに対する最初の言葉だったと思う。するとかれはそれがなにか自分の落度ででもあるかのように肩をすくめて「ええ」と小さく答えた。

かれはひどく顔色がわるかった。髪の毛をみじかくかりあげていて、そのために四角い顔がよけい角張って見えた。一般に表情に乏しくて、ひかえめな静かな声音で、多少もどかしそうに言葉をさがしながらゆっくり話をすすめていく、そんな印象が、かれの生き方の不器用さを正直に示しているようで、私はなんとなく好感をもった。かれの私をたずねてきた用件というのは、ひどく風変りなものだった。かれは言いだしにくそうにして、いつまでも、もじもじしていた。ときには苦しそうに身をよじったりするのだった。かれは海軍上等水兵として、硫黄島にいたのだが、木谷という同じ階級の戦友と、終戦後もなお洞窟にたてこもっていて、一昨年二月にやっと帰国した、と語った。

そういえば、土気色にくすんでいて無表情でかたくなな感じのかれの顔つきには思いあたるふしがあった。私は一カ月ほど前にもフィリピンの山奥に立てこもっていて、ようやくこんど帰国したという兵隊に市ヶ谷の復員局で会ったばかりだが、そういった人たちに共通のある表情が片桐のうえにもひろがっているのに気がついた。この種の人たちは、かれらがそのなかで住みついたジャングルの土や木や草や岩やすべてそれらのものとの一種の同化作用によって、非人間的なもの、あるいは自然に似てくるのではないか。そんなふうに思われるのである。だからときどき妙に話の通じあわないようなところが出てきて、いらいらさせられてしまう。片桐正俊にもたしかにそういうところがあった。

かれが用件をきりだしたとき、私は思わずひざをのりだしてしまった。それは私をそうさせるだけのものをもっていた。けれどもかれがしゃべりおわったとき、私の胸にはいくつかの疑点のようなものがかたまってぶつぶつ吹きだしてきていた。その用件というのはこういうことであった。

片桐正俊は一九四四年二月一日、横須賀の武山海兵団に入団した。三カ月後、館山の砲術学校にはいった。さらに三カ月たつと、かれは浦賀の防備隊にまわされ、その年の九月、硫黄島警備隊に編入されて横浜を出発した。かれが硫黄島に着いた時分はまだ空気は、それほど切迫してはいなかったが、十一月にはいると空襲もはげしくなり、ぐんぐん戦局はかたむきはじめ、ついに翌年三月、二万数千名の日本軍将兵はほとんど死にたえてしまったのである。そんななかにあって、片桐は自分の生命をまもりとおし、木谷上水とふたりで終戦後さらに三年余も穴居生活をつづけた。そしてこの期間にかれは大学ノオトに鉛筆で、せっせと日記を書きつづった。それは米軍に投降するときまでつづいたのだが、投降するとき、そのノオトを岩穴にうずめてきた。こんど米軍当局の特別のとりはからいで、かれが単身硫黄島にわたり、その日記を掘りだしてくることになった。そのことを新聞記事としてとりあげてほしい、それがかれの用件のすべてであった。

私にはかれがいいかげんなことを言っているとは思われなかった。かれははじめから終りまで低いおしつぶしたような声で、まだるっこいくらい時間をかけて、そういうことをしゃべった。あるいはかれは昂ぶってくる気持をおさえようとしていたのかもしれない。かれの態度は、いくぶんものうげで、いくぶんやましげで、そしていくぶんかなしげでさえあった。私はなるべくかれの要求に応じたい、けれどもそのためにはなおいくつかのあいまいな点が残っているようなので、これをあきらかにしたいと言い、そのいくつかの疑点をつぎつぎにかぞえたててみせた。

それはこんなふうにである。まず、日記をとりにいくというような全く個人的な必要のために、米軍当局が一介の日本人に渡島の許可をあたえることはありうるか。そのために片桐はどんな手続きをふんだのだろうか。おそらくは、いくつかの段階にわたって当事者の出頭をしつこく要求するにちがいない当局との交渉の過程をどういう方法で踏みとおすことができたのか。もし渡島に成功したとしても、はたしてかれは日記をうずめた場所を、まちがいなく指摘できるかどうか。それができたとしても、その日記は地熱や風化に耐えてどの程度まで原形をとどめているだろうか。そんな日記をなんのために掘りおこさなければならないのか。こんなにもあやふやでたよりない計画に、やすやすと協力の手をさしのべるほど米軍当局は、ロマンチストぞろいなのだろうか。

片桐は私の問いかけに、身をかたくしてじっと聞きいっていたが、しずかに顔をおこし、言葉をまさぐりながらぼそぼそ答えた。第一の質問について、かれはジェエムス・ヘンドリックスというアメリカの放送会社に勤務する特派員がかれのためにはかってくれた便宜のかずかずを述べたてた。かれはこのアメリカ人のことをくだけた気やすさでジミイとよんだ。ジミイとはグァム島の捕虜収容所で知りあったのだとかれは言った。そのジミイはかれに硫黄島行きをすすめ、すべての手続きをかたづけてくれたあと、朝鮮戦線に飛び立った。

うずめた場所については銀明水に近い野砲トオチカの岩穴だと言い、地図を書いて、日記のありかを示した。ノオトは乾パンをいれるゴム袋に包んで、厳重に梱包しておいたから、原形はいちじるしくそこなわれることはまずないと思う。そう片桐は言った。

「これがもしかしたら一ばん肝心な点だと思うんですが」と私は言った。「なんのために日記をとりにいくんですか」

かれは恥ずかしそうに顔をゆがめて笑った。「じつは、出来たら出版でも、と思いまして。もっともそんなあつかましいことは、ともかくとして、あの日記をいちど手にとってみたい。そんな気持から――」

私がかれに職業を聞いたとき、かれはつぎのように答えた。「ぼくは昔は製罐工をやっていましたが、いまは鈑金のほうです。渡り職工のような生活でした。いろんなことがありましてね」

かれはよわよわしい微笑をうすく口もとにうかべ、ため息をもらした。かれは江東区北砂町九丁目の平和荘というアパアトに住んでおり、そこから北砂町六丁目の江東製作所という鈑金工場へかよっていた。そこでは主としてフライパンや鍋、バケツなどをつくっているのだった。私はかれのなかに町工場のもっている鉄と鉄とのふれあう重いひびきだとか、さびた屑鉄の刺すような匂いなどを、聞いたりかいだりした。

日本軍が一応玉砕したとみなされていたあとも、なおかなりの数の日本兵が分散して洞窟のなかに立てこもっていた。片桐は、三井兵曹長以下六人のグループとともに、北地区海岸の陸軍機関銃トオチカの岩穴に身をひそめていた。かれらはひるまはじっとその岩穴にかくれていて、夜がこの凝灰岩でおおわれたシャモジ型の小さな火山島を、深い闇の底にのみこんでしまってから、外へ這いだし、いまではそれが唯一の仕事である食糧さがしに出かけるのだった。それは、ひるま敵の眼をさけて洞窟の暗がりに、じっとへばりついているときよりも、はるかに濃密に恐怖や戦慄にみちた時間のなかへ、かれらをはこびこんだ。

ある午後、かれらはその岩穴にうずくまりながら明瞭に敵の気配を感じとることができた。片桐が通風孔に顔をおしあて外部をのぞき見たとき、かれのせまい視野のなかで、軍用犬をつれた数名の米兵がきれぎれにゆれうごいた。片桐たちは岩肌を抱きこむようにして腹這いになった。ふ、ふう、ふ、ふう、というセパアドの熱っぽい息使いがあらあらしく流れこんできた。犬は日本兵の匂いをもとめて、鼻づらを岩肌にこすりつけるようにして、かぎまわっているらしい。米兵は大きな声で何か言いあっていて、ときどき口笛がするどく鳴った。岩を蹴りつける靴音が話し声をかきみだしながら、にぶくひびいてくる。その洞窟の入口は大きな岩でふさいであった。その岩穴に手をかけて揺りうごかそうとしているらしく、両足に力をこめて靴底を岩にぎしぎしこすりつける音や、岩がわずかにきしんで、ボロボロ泥がこぼれ落ちるかすかなびきだとかが岩穴のおくふかくまで、つたわってきた。けれどもそれはすぐにやんでしまった。岩穴にこもった熱気が肌のうえを這いまわり、皮膚の内側にまでじとじとしみこんできて汗が全身からどっと吹きこぼれるのだ。のどはからからにかわいてしまって口のなかはあつい火のかたまりを押しこまれでもしたようだった。時間がどろどろにとけて、にかわのようにかれらをその岩穴のなかに、ねばっこく、とじこめてしまうかもしれなかった。とつぜん岩の割れ目が火を吹いた。米兵が自動小銃をうちこんだのだ。弾丸は岩にあたり、陰気な炸裂音とともにくだけ散った。硝煙の匂いがゆるやかに壕のなかにひろがった。米兵はそのまま立ち去ってしまい、時間はやっと動きをとりもどした。

「ちくしょう」と三井兵曹長が言った。「ちくしょうめ。このトオチカもあぶなくなってきやがった。やつら感づいたにちがいねえ。ぼやぼやしてると爆雷で吹っとばされるか、火焔放射器で焼き殺されちまうぞ」

それからかれは片桐と木谷の名をよんだ。かれはふたりにできるだけ早く外へ出て、より安全な洞窟をさがしてこいと命じた。ふたりは顔を見合わせた。片桐は暗がりのなかで汗にぬれた木谷の顔がぶきみにひかり、眼玉がぎらぎらしているのを見た。ふたりは入口の岩を、長い時間かかって、ほんの少しずらし、からだをけずるようにしてその岩のすきまにすべりこませ、這いだした。ふたりは砲弾のためにえぐりぬかれた地面のくぼみや岩かげに身をかくしながら、焼けてどすぐろくなった砂のうえを這っていった。かれらはやっとのことで短十二糎砲台のあとにたどりついた。そこなら六人ぐらいはもぐれそうだった。かれらがもとのトオチカの近くまで這い戻ってきたとき、すでにあたりは夕闇に包まれていた。そしてトオチカに近づくにつれて、異臭がするどく鼻孔をつきさしてきた。ふたりのいないあいだにそこで何かが起ったことはあきらかだった。

片桐は岩と岩の割れ目に顔をすりよせて奥をうかがった。すると脂の焼けこげたような臭気が一そう濃厚に流れてきた。それは、うたがいもなく焼けた人間の皮膚の匂いだった。かれは木谷と、入口の岩をずりうごかし、内部へふみこんでいった。木谷がマッチをすった。マッチの火はぼっともえあがり、ちろちろゆれながら、ほのぐらい視野のうちにいくつかの日本兵の焼死体を照らしだした。片桐はとつぜん全身ががたがたふるえだすのをおぼえた。

「見たか」とかれは木谷に言った。「顔が焼けただれて、べろっとむけ落ちてたな」

「うん」と木谷は言った。「腕がぼろきれみたいにこげてねじくれてたぞ」

片桐も火焔放射器をあびせかけられた経験をもっていた。そのときの記憶が焼死体の匂いにたちまじってよみがえってきた。放射された火は、まるでそれ自体が明確な意志をもった生きものみたいに、通風孔から、突風のようにはげしい唸りを生じて吹き込んでくる。火はグオウ、グオウとほえたてながら伸びたりちぢんだり、ひろがったりとびあがったりして、自由自在に岩肌をなめまわした。ときには球体のようになってものすごい速度で岩から岩へころげまわるのだった。火は片桐に恐怖と同時に美的感動とでもいったふうなものをもたらした。火の運動はあまりにも美しい活気にみちていて、ときに、片桐は自分のからだをその火のなかに投げこんで焼きつくしてしまいたい衝動にかられたほどだった。

こうして片桐と木谷のふたりだけの放浪がはじまった。かれらは、顔が黒こげになり、片腕をもぎとられ、ちぎれかかった残りの腕をぶらぶらさせながらただようようにジャングルのなかを歩き、とつぜんばったり倒れる日本兵の姿も見たし、迫撃砲弾に吹っとばされた首が木の枝に突きささり、しげみをざわめかせたのち、ぽおんところげ落ちる場面も見た。やがて八・二五平方粁ほどのせまい火山島で、生きている日本兵は片桐と木谷のふたりだけになってしまった。ふたりは米軍の残していった衣類や食糧を熱心にひろいあつめた。そのころにはすでに米軍の火器による生命の危険はほとんどとりのぞかれていたのでかれらは要するに生活を充実させていきさえすればそれでよかった。石で針金をたたきつぶし、帯剣のさきで穴をあけ、さらに先端を石でこすってとがらせ、針をつくり、それで米軍の天幕の布を切りとりズボンや靴を縫いあげたりした。かれらは、たぶん死ぬまでこういう生活がつづくのだろうと考えていた。これ以外の生き方を考えることはほとんど不可能だった。かれらは投降すれば殺されるか、あるいは殺されないまでも、いまよりさらにもっとみじめな境遇に追いこまれるにちがいないと思っていたのである。そういうわけで、ふたりは何かの変化がとつぜんやってくることを、一ばんおそれた。いまの状態のまま時間が経過し、そしてその疲労にみちた時間の堆積の下で、少しずつ死んでいくのが一ばん好ましいことに考えられたのだった。そしてかれらのおそれていた変化は、ある晩、ついにやってきた。しかしそれは、かれらがおそれていたふうにではなく、いわば甘美に、快楽の気配をさえともなってやってきたのである。

その夜、ふいにふたりは洞窟の闇の底で眼をさました。わずかにひらいた岩のすきまから光がさしこみ、岩の向うに、おびただしい生きもののひしめく気配が、ふたりの眠りの領域にまで、しのびよってきたのである。そのひしめきは、敵意というものを全く感じさせなかったので、ふたりは洞窟の入口に這い寄っていった。岩のすきまから流れこんできた光は焚火であった。火は音を立てながら燃えあがっていた。生きもの——これは米兵であった。十人ちかくの米兵は火をかこんで歌ったり踊ったり笑ったりとびあがったり叫んだりしていた。かれらはビイルを飲んだり罐詰の肉を食いちらしたりしていた。大きな影法師がふくれたりしぼんだりして岩のうえに倒れこんできた。火がゆれていた。それは木立や岩や砂をあかあかと染めあげて燃えつづけるのだった。米兵のあいだから聞きなれない歌声がきれめなしに流れ、炎に焙られてふくれあがっていった。

米兵が立ち去ったあと、ふたりは入口の岩を動かしてそとに這いだしていった。ふたりは米兵の飲み残していったビイルを飲み、罐詰の肉を食べた。頭のうえで、夜が湿っていった。それはふたりの頭上でやわらかく閉じ、飽満がふたりを眠りにみちびいた。

木の間から射す朝の最初の光が、片桐を現実につれもどした。そのときかれは自分の内部に何かがはいりこんできたのを感じた。その何かは、かれに立ちあがれ、と命じた。かれはからだをおこし、ゆっくり立ちあがった。次いで木谷をゆりうごかした。

それからふたりは腰をのばして、あせらずに灌木のしげみをわけて進んでいった。一足ごとに世界は新鮮さをまし、足もとから眼ざめていくように思われた。やがて海辺にちかいアスファルト道路に出た。道路はあさの光をはじきかえして白くどこまでも続いていた。片桐は眩暈に耐えながらそこにじっと立ちつくしていた。米兵をのせたトラックがふたりをみとめた。

米兵が叫んだ。「チャイニィズ」

ふたりはそのトラックで米軍の航空隊本部につれて行かれた。そこからLST船でグァム島にはこばれた。グァム島で、放送会社の特派員をしていたジェエムス・ヘンドリックスに見いだされた。ジミイは海軍の日本語学校を卒業し、海兵隊の中尉としてサイパン、テニアン戦にも参加したことがあり、親切にもふたりのために帰国の面倒いっさいをみてくれた。

そしてかれの手によって、奇妙なジャングル・ボオイのストオリィが、その放送会社にもたらされたのであった。

片桐は、四月二十六日には出発できる、と言った。かれはかなり疲れているようだった。帰りがけ、私はかれがほんのわずか左足をひきずっているのに気づいた。私は「失礼ですが、硫黄島で？」と聞いた。「いいえ」とかれはかすかに首をふった。それからかれはそんな欠陥を私の眼からおおいかくそうとするかのように活潑な足どりで、室を出ていった。私はかれが、軍用機で立川を出発するという四月二十六日の夕刊に、硫黄島日記の物語を書いた。その四月二十六日の正午ちかく私は片桐正俊の二度目の訪問をうけた。かれは申しわけなさそうに、出発が来月の六日にのびた、と言った。私はいそいで私の書いた記事のうち、出発の日時のところを訂正した。それは最後の版に、やっと間に合った。私は、そういうことはもっと前に連絡してくれなくては困る、と少しきつい調子で言った。それというのも、信用していたこの青年から肩すかしをくわされたようないまいましさをおぼえたからだった。私にはもしかしたらこの男は案外くわせものなのかもしれぬという気さえした。それが私の物言いにもしぜんににじみ出ていたのだろうか、片桐は、おびえたようなまなざしで私を見るのだった。それからかれは何か言いたそうに唇をひきつらせたが、結局何も言わず、左足をひきずりながら帰っていった。

そのとき私をある疑念がおし包んできた。それは、片桐ははじめから、硫黄島へ行く意志などなかったのではないか、ということだった。一日本人の全く個人的な事情に動かされて、米軍が、いまではほとんど要塞化しているはずの硫黄島への渡航を許すというのも考えてみれば、少しおかしい。要するに片桐は、私をまるめこんで、新聞に渡島の記事を報道させ、あたかも島からほりだしてきたような顔をしていいかげんな日記をこしらえあげ、出版しようという魂胆ではないのか。そういう想像は、私にとってもほとんど耐えがたかった。けれどもその疑いをはらいのけることも私にはできなかった。そしておどろいたことに――そしてそれはますます私の疑念を一方的に深める結果しかもたらさなかったのだが――その日の夕方、片桐は、もういちど私のところへやってきたのである。

かれはあおぐろい顔をさらに陰鬱に沈みこませて、「もしかしたら硫黄島行きは、だめになるかもしれません」と少し声をふるわせて言うのだった。

「いま行けば帰ってこれないかもしれない、そんな気がするもんですから」

「そんなことは、どっちだってかまいませんよ」と私はいらいらして言った。「もう新聞には出ちまったんですから」

私はかれのからだが、こまかくふるえているのに気がついた。かれは、あわれみを乞うような視線を私に当てた。私はそういう視線をはね返すように、ぷいと横を向いてしまった。かれはおどおどしていた。かれは私にお礼とおわびを言い、いまにも泣きだしそうに四角い顔をゆがめた。それから、かれは、例によって左足をひきずりながら私の前から、消えていったのである。そしてそれはまさしく、消えていったのであり、以後、私は二度とかれを見ることはなかった。

五月十日附のM新聞の朝刊は私をひどくおどろかせた。社会面のトップに、でかでかと片桐正俊の死が報ぜられていたからである。M新聞によれば、かれは硫黄島で自殺したのだった。その記事は主として米極東空軍司令部歴史課のS・G氏の手記というかたちで発表されていた。S・G氏は終始片桐につきっきりで一しょに日記をさがしたという。そして日記はどこにも見つけだすことはできず、あたえられた時間ももうあとわずかで切れてしまうというときになって、とつぜん片桐は摺鉢山の旧噴火口からほぼ九十米はなれた地点で両手をたかだかとさしあげ「バンザイ」とさけびながら崖下に身をひるがえしたのだった。S・G氏は片桐のからだが突き出た岩角に何度もぶつかりながら、火山灰をもうもうと立ちのぼらせて、ゆっくり落ちていったのをはっきり見たと書いている。死体の捜索は七時間もつづけられた。捜索はB17空の要塞機、ジイプ、水陸両用車などあらゆる機動力を動員しておこなわれた。死体は頭蓋骨を打ちくだかれたまま崖の中腹のくぼみに投げだされていた。それは収容するのに二十分間ほどかかった。S・G氏は自殺の原因はわからない、いっさいは、なぞに包まれているとややもてあまし気味に書いている。

私はこの記事によって二重のショックをうけることになった。そのひとつは私の臆測を裏切って、かれがまちがいなく硫黄島に渡ったという事実によるものであり、もうひとつは、そこでかれが原因不明の自殺をとげたことによる。私は深い衝撃の底で、片桐に疑念をさしはさんだ私の軽率な想像力をひそかに恥じた。

そしてその日の夕刻、私はもうひとりの未知の人物の訪問をうけることになった。その男の名刺には第三商事、物資部輸出課主任、瀬川宗夫と印刷してあった。私はかれにさそわれ、有楽町駅に近い小料理屋にあがった。かれはもと海軍少尉で、片桐正俊の直属上官だった。かれは硫黄島の日本軍が玉砕してからまもなく投降したのだった。かれは上衣の内ポケットから茶色のハトロン紙の封筒をとりだした。

「ぜひあなたにおみせしたいんです」とかれは商事会社の社員にふさわしいやわらかな語調で言った。「片桐君は出発する前にぼくのところへこんな手紙をくれたんです」

文面はつぎのようなものであった。

いろいろありがとうございました。こんどの件あなたさまとジミイとのご好意ありがとうございます。日記がみつかるかどうかぼくにはほんとうは自信がありません。でもやっぱりやってみます。ぼくのいまの気持はとにかく一度島へ行ってみたいということで一ぱいです。

そのあとのことはあまり考えたくないのです。あるいはもうおめにかかれないことになるかもしれません。何だかそんな気もしますが大丈夫と思います。ぼくはだれも身寄りがないので気楽です。とにかく力一ぱいやってみたいです。さようなら

「おわかりになりますか」と瀬川は言った。

「さア」と私は言った。「遺書のつもりなんでしょうか」

「そうであるような、ないようなおかしな手紙ですね」かれは口についたビイルの泡を、まっしろなハンカチイフで注意ぶかくぬぐいとった。

「なにかこうはじめから死を予感しているようなところがありますね。でも遺書らしくないところもある。それに力一ぱいやってみたいというのは、どういうことなのか、なにをやりたいのか――」と私は言った。

「日記をさがすことを、でしょうね。それでないとわからない」

「そうすると日記が見つからなかったので、自殺した、そういうことになりますかな」

「とばかりも言えないような気もしますね」瀬川は色白のほりのふかい顔をくもらせた。

私は言った。「日記ということではなくて、なにかもっとべつな、たとえば自分の生き方についての悩みのようなものがあって、それに区切りをつけるために島へ渡りたがってるふうな

ところもみられやしませんか」

「ええ、それだからよけいわからなくなる」

私たちは考えこんでしまった。片桐は、はじめから死ぬつもりだったのか。それともかれの意志とはかかわりなく、死はとつぜん発作的にかれにつかみかかり、かれをあの世へ送りわたしてしまったのだろうか。

たんに自殺の舞台として硫黄島をえらんだのならどうして新聞社をおとずれる必要があったのだろう。ジェエムス・ヘンドリックスや瀬川へのある種の配慮からか。それとも自分の行為を客観的な記述のなかに封じこめておきたかったのかもしれない。だれにも知られずひとりひっそり死んでいくことの恐怖に耐えられなくて——。私はしぜんに吐息がもれてくるのをおさえかねた。自殺の意志があったにしろなかったにしろ、片桐を島へかりたてた何かがある。瀬川あての手紙のなかの「ぼくのいまの気持はとにかく一度島へ行ってみたいということで一ぱいです」という一節が私の心につきささってきた。これは何なのか。この死の予感にみちあふれた危険なもの、これは何なのか。「これはぼくの勝手な考えなんですが」と瀬川は言った。「片桐君は島へ行こうかどうしようかということでひどく迷ったようです。どうにもふんぎりがつかなくてそれで新聞社へ行った。もしそのとき新聞社のほうで黙殺したら島行きを断念する。そういういわば占いの気持で新聞社をたずねた。つまりかれはそういうかたちで行為の決定を新聞社にゆだねたんです。ところが新聞社はそれをとりあげて記事にした——」

「するとぼくがかれを殺したことになる」

あるいはそうかもしれない、と私は思った。片桐は何かを訴えたくて何度も私を訪ねたのかもしれない。何かを私に聞いてもらいたかったのかもしれない。それで左足をひきずりながら何度も私のところへやってきたんだ。それを私は非難にみちたまなざしで、つきはなしたんだ——。

私はあの男がもしかしたら私に語りたがっていた何かを、こんどは私の方で、あの男が残していった生の痕跡をたどりながら、さぐりださなければならない、そんなふうに思うのだった。

私はバスを降りたとき、そのまちへずいぶん遠いところから長いあいだかかって、さまざまな曲折を経てたどりつきでもしたような重い疲労をおぼえていた。そこへ行くために私は湘南電車に一時間乗り、さらにバスで三十分間ほどゆられただけだった。その町は細長くまがりくねった白い舗装道路をはさんで古ぼけた家並みが両側にひしめきあっていた。家々は、ほこりをうっすらとかぶっていて、どの家も硝子戸を指先でなでれば、指の腹にくろいほこりがくっついてきそうだった。私のめざす料理屋は街道をそれて、いくぶんおくまったところにひっそりと建っていた。私は二階の座敷にあがり、板前の木谷さんにお会いしたいと言った。柱時計がどこかでふたつ鳴った。まもなく白い前垂れをしめたまま木谷があらわれたが、それはやせて小がらでひどく貧相な中年男だった。かれは前垂れをはずし、小さな眼を光らせて、何でございましょうか、と言った。私は片桐さんのことでいろいろお話をしてもらえないかと言った。木谷は少し考えるふうだったが、一たん階下へおりて行き、しばらくしてまたあがってきた。そのときかれの顔がはじめ見たときよりもやわらいでいるように、私には映った。私は片桐とくらべて木谷のほうがずっと現在の自分の生活になじんでいるようだと思った。片桐にはまだ穴居生活といまの生活との平衡がとれていなくて、たえず不安定にゆれているといったふうな様子がみられた。けれども木谷の生活の重心はしっかり現在に結びついていて、それはまさしく垂直に現実の平面のうえにたれさがっているようなのだ。私はかれに盃をもたせた。かれはまるで酒を口のなかへほうりこむようにして飲んだ。しかもかれは何かにせきたてられてでもいるように、すばやく、なんべんもたてつづけに盃を口もとにはこぶのだった。そして私はかれから、やや意外な事実を知らされたのである。かれは片桐は日記などを、少くとも出版するに足るだけの内容をもった日記などを、書いていた形跡はないと断言したのだ。だとすると、片桐が日記をもとめて島へ渡ったというのは、どういうことを意味するのか。はじめからありもしないものを求めて何のためにかれは島へ行ったのか。そういう口実を設けてまで島へ行かなければならなかったのは、一体何のためなのか。私は胸がはげしく波立つのを感じた。そんな興奮が私にやってこようとは、ひどく意外だった。

「わたしはなるべく島のことは忘れようとしてるんです」と木谷は言った。「半月ほど前、片桐がわたしんちへやってきたときも、わたしはなつかしさよりも、恥ずかしいような気持が先に立って困ったものでした。自分の恥ずかしいところをすっかり見て知っている人間が、わざわざそのことを思い出させようとして遠い所をやってくるなんて愚の骨頂じゃありませんかね。あいつは、いま考えると、お別れに来たんでしょうが、島へ行くなんてこたアこれっぽっちも口にしませんでした。あいつは島のことが忘れられねえって言いやがるんです。わたしゃ、忘れろって言ってやった。わたしゃ、この板前って仕事にいのちを賭けてる。板前ってなアつらい商売です。ウナギをさくとき目打ちをするでしょ。だけど名人の域に達するてえと、目打ちなんかしなくたって、そのまま尻尾から、すすすうっと裂いちまうんです。コイのはら骨をこわさずに肉に庖丁をいれてって、ぐいと骨をそのまんまのかたちで抜きとって、コイを池に放すと、すいすい、およいでいくってんです。板前ってのはそこまでいかなくちゃいけねえ、そう思うんですよ。ね、あなたこれでもわたしんちじゃスジの通らねえ料理は出しません。コノワタにウズラの卵がはいらねえ、タイちりに春菊がつかねえ、ポンズの代りに醤油をもってきたなんてそんなスジの通らねえまねだけは、ぜったいしません。わたしゃ、あいつに言ってやりました。おめえもなんか全身で打ちこめる仕事をみつけなきゃいけねえってね。するとあいつは青い顔してだまって、こう涙ぐんでるんです」

「木谷さん、日記がはじめからなかったとすると」私は相手の饒舌をさえぎって、言った。「片桐さんは自殺するつもりで島へ渡ったことになりますね」

「へっ」木谷はとんきょうな声を出して盃を下に置いた。かれは料理には全然手をつけなかった。かれはうなだれてじっと何か考えこんでいるふうだったが、しずかに顔をあげて、「あいつは悩んでましたからね」と低い声で言った。「わたしゃ、こんなことは何でもないことだと思うんですがね、あいつにとっちゃたいへんな問題だったんでしょうね。とにかく片桐は島で日本兵をふたり殺した、いえ、殺したってふうに思いこんでたんです。そのことと、こんどの自殺とは、どうもひっかかりがあるような気もするんですがねえ」

それはまだ瀬川宗夫が片桐や木谷と同じ壕にいたころのことだった。兵隊たちは交代で夜になると、岩穴を抜けだして食糧あさりに出かけた。勇敢な兵隊は手榴弾を米軍の幕舎に投げこみ、相手があわてて逃げだしたあとをおそって罐詰や野戦食をぬすみだしてくるのだが、そんなことをしなくても、ひるま米兵がひそんでいた岩かげや窪地をさぐれば、かなり豊富な食糧をひろいあつめることは、それほど困難でもなかった。またある者は、いくつもの水筒を抱えて貯水タンクへ水くみにいく。ひるま米兵はしばしば貯水タンクの附近にかくれていて、水くみにきた日本兵を機銃や自動小銃で狙撃するが、夜間はそういう心配はほとんどなかった。ある晩、片桐と木谷とそれから岡田という若い一等水兵の三人が水くみに出かけた。三人はくろぐろと枝をさしのばした灌木のしげみをかきわけ、地下足袋の足音をしのばせて進んでいった。ときおり米軍の照明弾が打ちあげられ、まばゆい光の波がいりくんだ木立のすがたをくっきりと浮き出させたかと思うと、ふたたび闇が、それらをねっとりと抱きこんでしまう。そのたびにかれらは、べたっと地べたや岩肌や木のしげみにからだをおしつける。

ふいに片桐は足首をなにかに強くおさえつけられてしまった。その力をふりほどこうと足をふんばったせつな、かれのからだは、無造作に草むらのうえにほうりだされてしまっていた。するどく張りめぐらした米軍のピアノ線がかれをとらえたのだ。かれが投げ出されたのと同時に、そこに仕掛けてあったマグネシウムが発火し、しゅっ、しゅっというしめっぽく何かがこすれあうような音がして白い炎を吹きあげた。その、かあっともえあがる閃光のなかに岡田一水の、こちらに向って身をこごめながらかけよってくる中腰の姿勢が白っぽくうかびあがった。岡田一水は「大丈夫ですか」とみじかくさけんだ。それを片桐が聞いたと思った瞬間、くらやみから火を吹いた米軍の機銃が岡田一水をうちぬき、かれのからだは、ぴょおんとはねあがり一回転して草むらに叩きつけられた。それを木谷も岩かげから息をつめて見ていた。木谷にも岡田一水が片桐を救いだそうとして敵弾に倒れたのだということが十分のみこめていた。銃撃は岡田をうち倒したことに満足したのか、それっきりとだえてしまった。木谷は岩かげから身をおこし、片桐のところへ這っていった。ピアノ線から片桐をたすけおこしたとき、かれは片桐が、のどをつまらせて、う、う、とみじかくうなったのを聞いた。それから片桐は木谷の胸に顔をこすりつけ、声を殺して泣きはじめた。「泣くやつがあるかい、おい、泣かんでもいい、泣かんでも」と木谷は、ささやくように相手の耳もとで言った。ふたりは岡田の、うつぶせになったからだを抱きおこした。銃弾は腹部をうちぬいていて、傷口からねばねばした血がとめどなくどろどろふきこぼれていた。それはなまあたたかく片桐の手をぬらした。岡田のからだはぐにゃっと片桐の腕のなかに沈みこんできた。片桐はそのまますすり泣きはじめた。岡田ののどがごろごろ鳴って、のどぼとけのあたりが小きざみにけいれんした。「手榴弾を下さい」とかれはきわめてかぼそく言った。片桐は泣きながら手榴弾を岡田の両手にしっかり持たせた。それからふたりは這いながら岡田を残してそこを去った。やがて手榴弾の炸裂するひびきがふたりの身をひそめている岩かげまでとどいてきた。そのひびきはいつまでも尾をひいて闇のなかをさまようように鳴っていた。

「なるほど」と私は言った。「つまり片桐さんは岡田一水を殺したというわけですね」

「ええ」と板前の木谷は小さな眼を光らせた。「あのときおれたちはなぜ岡田を見殺しにしたんだろう、あいつはおれを助けにきたというのに、おれはあいつを殺しちまったんだからな、片桐はそういつも口ぐせのように言ってました」
「もうひとりはどういうふうに、殺したんですか」と私は言った。

日本兵は死んだ兵隊の水筒の水をのみ、乾パンや米を雑嚢からひっぱりだして、かじった。それはむしろ死んだ者が生きている者におくる無言の友情のようなもので、生きるためにはだれもがしてきたことだった。その日本兵は、眼をなかばひらいたまま岩にもたれるようにして死んでいた。その死体にはどこにも傷あとらしいものを見つけだすことはできなかった。飢えがこの男の生命をうばったのにちがいなかった。唇が色を失ってかさかさにかわき、みにくくふくれてまくれあがり、むらさき色の歯ぐきと黄いろい前歯をそこからのぞかせていた。眼はどんよりにごり、焦点をうしなったまますく見ひらかれていた。たれさがったまぶたのまわりを銀バエが這いずりまわっている。この男のなかで例外なのは髪の毛で、これだけはくろぐろとのびほうだいにのびていて、それがこの男の死をさらにたしかなものにしているようだった。この男は身にまとっているのはぼろきればかりだが、あるきちょうめんさで水筒を右肩から左下方にかけてつるしていた。この水筒が片桐によびかけた。片桐は身をこごめてその水筒にそっと手をふれた。すると男のからだからいやな匂いがむっと立ちのぼった。片桐はこわごわ水筒をゆすってみた。水筒のなかで水が身もだえするように、重たくゆれた。片桐はこわばる両手を水筒にかけ、その男の肩からとりはずすために、ぐっと力をこめた。そのとき奇蹟が起った。それまでだらんとたれさがっていた男の両腕が、あきらかにうごいて、それはおそろしい強さで片桐の、水筒にかけた両手の手首を、つかんだのである。つかまれた部分からつめたい感触が電流のように片桐の全身に走りひろがっていった。ばね仕掛けのように、片桐の両手は相手の両腕をはらいのけ、かれのからだは一米近くもはじけとんだ。相手の腕は重たく投げだされ、ビシッというするどいひびきがどこかで鳴った。しかしそれはどこから発したものかわからなかった。死んだ男の首がぐらんとゆれて草の中にめりこみ、首が、こわれた人形のそれのように、みにくくよじれた。それはひどく奇妙なぐあいにそうなっていった。片桐の両足から、力が急速にぬけていき、腰がすとんとその場に落ちこんでしまった。それは全く信じがたいことだった。

死体の水筒から水をのむことと生きている人間の水筒をもぎとることとは全く違うのだと片桐は思った。生きている人間の水筒をもぎとろうとしてその人間をつきとばしたら、相手は死んでしまった、つまりそういうことがいま起ったのだ。ただ言いわけがゆるされるのは、自分は相手を死体だと信じていたという点についてだけなのだ。しかし結果は同じことだ。

「そんなばかなことがあるかって、わたしゃ言ったんです」と木谷は言った。「それは何かの錯覚じゃないかってね」

「あるいは死後硬直がそのとき急にやってきて死体の筋肉をぐっとひきしめたために、そういう奇怪なことが起ったのかもしれませんね」と私はあいまいな知識をもとにしてそんな想像をはたらかせてみた。

「どっちみち、その兵隊は、死んだも同じだったんだ。べつに片桐が殺したことにゃアならない。わたし、そう言ってやったんですがね、どうもだめなんですなア。そりゃア、わたしたち生き残りには死んだ戦友に対して、何となくうしろめたい感じがうごきます。しかしそういう気持は、どんどんのりこえていかなくっちゃしょうがねえだろう、わたし、そう思うんですよ」木谷はくしゃくしゃと顔をゆがめて泣き笑いのような表情をつくった。それで、私はこの男の内側にもいまある悲哀がさしこんできているのだろうと判断したのだった。


その次に私がおとずれたのは北砂町の平和荘というアパアトだった。このアパアトに片桐は住んでいた。そのアパアトは厩舎を思わせる細長いひと棟の棟割長屋で、何か外部の人間がそこへ近づくのをこばむかのようになやましげに建っていた。アパアトの西側は沼になっていて、暗い水面にはメタンガスがたえまなく泡をふきあげていた。沼は重たげにそこにそうしてうずくまっており、水面のあちこちに棒切れや板や穴のあいた長靴や片っぽだけの下駄や、要するにすべて無意味ながらくたが投げやりな姿勢で流れもやらず浮かんでいるのだった。沼は一日中、異様な臭気を放っていた。臭気は沼のほとりのひとびとの生活のなかに完全にとけこんでしまっていて、外部の人間だけをあやまりなくえらんで執拗にまつわりつくのである。岸辺には葦の群落が切り立った葉さきを並べて密生し、ときおり渡る風に大げさにゆれさわいだ。沼の向うは小学校で、校舎の窓がきらきら光り、生徒たちの叫び声が沼のうえにあかるくひろがった。管理人の老人が私を迎えてくれたが、その顔は好意にみちていて、かれがどれほど片桐に対してよい印象をもっていたかがわかるようだった。細君は老人よりずっと若くみえ、もしかしたら後妻かもしれなかった。彼女もまた好意的に私をもてなしてくれた。

ふたりともどうして片桐が自殺しなければならなかったのか、全然見当がつかない、と口をそろえて言うのである。

「片桐さんの足がどうしてああなったかご存じかしら」と細君のほうが言った。私が、いいえ、と答えると彼女は同意を求めるように老人のほうを見た。老人は眼をしょぼしょぼさせた。そのときこの夫婦のあいだに何かの共感が生れたのをみたように私は思った。

その日はとほうもなく暑かった。街は燃えたつように明るかった。すべてのものが輪郭を鮮明にきわだたせていた。管理人の細君は買物かごをぶらさげながら、片桐とつれだって焼けつくような街路を歩いていた。片桐は失業中だったが、そのときまでは、まだかれの左足は健康だった。で、かれはよく散歩がてら、細君の買物のおともをしたのだった。細君のたったひとりの息子――細君は私の想像どおり後妻で、少年は彼女の連れ子だった――が道の反対側をスキップでとびはねながら、歩いていた。細君と片桐は、日のかんかん照りつける明るい側を歩いていたが、小学校一年生のこの息子は反対側の日かげをえらんだのだ。

細君はふいに不安が胸をつきあげてくるのをおぼえた。それは彼女にとって全く新しい経験だった。そんな不安がとつぜん胸をしめつけてくるなんて――。それは息子が反対側の道をおっている奥深い暗がりのなかにそのまま吸いこまれていくのではないかという不安だった。少年が暗い道へとけこんでしまい、もう自分のところへは帰ってこないかもしれない。そんな妙なわるい予感が、理由もなしに彼女の意識のうえにすべり落ちてきたのである。彼女の胸はさわぎたち、思わず彼女はさけんでしまった。「ヨシオ！　こっちへおいで！」

少年はふっと足をとめて振り返った。かれはまぶしそうに顔をしかめた。少年の白いシャツが暗がりのなかからぬけだし、そのうえに投げかけられてくる影を、はねあげながら、光のなかに、浮きあがってきた。少年を太陽がとらえた。少年の皮膚を太陽が焦がした。皮膚がひかるのを母親は見た。そしてそのときそれは起ったのだった。母親の悲鳴が暑さのためにふくれあがった空気をきりさいて、道路一ぱいにひびきわたった。彼女はトラックが、道を横切る息子をめがけて突進してくるのをみとめ、そのままそこへ顔をおおい、うずくまってしまった。

買物かごはそのとき路上へ投げだされた。トラックがタイヤを熱でふくれたアスファルトにこすりつけ、急停車した。少年の泣き声が反響した。母親が顔をあげたとき、その眼は息子が泣きながら立ちあがるのを見た。母親はさけんだ。「ヨシオ！」息子は母親の胸にとびこんできた。このとき彼女はまだ何が起ったかを知らずにいた。それを知ったとき彼女はほとんど気を失いかけた。アスファルト道路のうえに若い男が倒れていた。その男を中心にやじうまが輪をつくってむらがっていた。彼女はやっとすべてを理解した。彼女はもういちどその場にうずくまってしまった。

「片桐さんがとびだしてくれなかったら」と細君は感動にあふれた声で言った。「うちの子は死んでたかもしれないんだわ」

「あのひとは、せがれをたすけてくれた恩人ですよ。あのひとの左足をみるたびに、私たちは心のなかで手をあわせていました」と老人は涙声で言った。

私は新聞記者ならだれでも聞くにちがいないことを聞いてみた。

「片桐さんは、すきな女のひととか、結婚の相手とか、そういったようなつきあいはなかったんでしょうか」

夫妻は顔を見あわせた。お互いにゆずりあっていたが、細君のほうがとうとう口をひらいた。

「あったんです。あるにはあったんですけれどね」

「だめになっちまった」と老人が言った。「どういうわけですか、だめになっちまった」

相手の女性は、片桐がトラックに足をひかれたとき、入院した外科医院の看護婦だった。ほとんど話がきまりかけていたのに、とつぜんそれはこわれてしまった。その理由は夫妻にもわかっていないらしかった。夫妻はタブウをおそれる迷信家のように、その話題にほとんど恐怖を感じているふうだった。


そういうわけで私はその小さな外科医院へやってきたのだった。もう夕方になっていた。患者はだれもいなかった。「看護婦の森さんにお会いしたいんですが」と私は受附で言った。私の呼びかけた看護婦はおどろいたように顔をこわばらせた。彼女がその森さんだったのだ。その医院には看護婦は彼女ひとりしかいなかった。私は小さな窓口ごしに用件をのべた。彼女はうなずいて奥へ引込んでしまった。しばらくすると、玄関があいて、同時にブザアが鳴り意外にも外出すがたの森さんが立っていた。私たちはつれだって外へ出た。私たちはまるで内気な恋人同士のように、おしだまったまま少しはなれてしかも同じ歩調で歩いていった。私たちは小ぢんまりした喫茶店にはいった。そこはたぶん、昔彼女が片桐とよくきた店なのだろうと私は思った。向きあってみてはじめて私は森さんの色の白い顔の眼のふちにそばかすがかなり濃く浮きでているのに気がついた。それは見るものにあるいたいたしさを感じさせた。けれども彼女は自分のそばかすが相手にあたえるそんな心理的な影響をはね返そうとするかのように、ややひかえめな微笑をたえずゆらめかせていた。

「片桐さんのことって何でしょうか」彼女はいくぶん甘ったるく言った。

「あのひと、どうかなさったんですの?」

私は思わず、あ、と声をあげそうになった。彼女はまだ片桐の自殺を知らないのだ。私はためらったが、いまさらあともどりはできないので、できるだけおだやかな調子で、相手にあたえる衝撃をいくらかでもやわらげるようにとつとめながら、事実をつたえた。彼女の眼がみるみる大きく見ひらかれていき、その眼がやわらかな光をふくみはじめたと思うと、その光は急速にもりあがり、下瞼のふくらみをのりこえて、すべるように頰のうえを流れ落ちた。私はこんなにまぢかに女の涙を見ることははじめてだったので、それは少からず私を感動させた。涙はそばかすをぬらし、そばかすは光をはじいて、きらめきはじめた。

「自殺だなんて信じられないことです」と森さんは身をもむようにして言った。彼女はクレゾオルの匂いがした。私はどうしてふたりのあいだがうまくいかなくなってしまったのかと聞いてみた。すると彼女は涙のために赤味をおびた眼を私に向け、「とつぜんあのひとが交際をことわってきたんです」とするどく言った。それはやや意外に私にはきこえた。私は片桐のほうから話をことわったのだというふうには少しも想像してみなかったからである。じつをいえば、私は森さんとの話がこわれたことと片桐の自殺とを、かなり通俗的な判断の仕方で、結びつけて考えていたのだった。つまりなにかの事情で、森さんから結婚をことわられ、それがひとつのうごかしがたい動機になって、かれを硫黄島へかりたてたのではないか、というふうに。それが片桐の側から持ちだされたのだとすると、少し事情が変ってくる。

「どうして片桐さんはとつぜんそんなことを言いだしたんでしょう」と私は言った。

彼女はうつむいたまま心のなかにゆれうごいているものに一生けんめい耐えているといったふうであった。「それが私にもよくわからないんです。ふしぎにお考えになるかもしれませんけど、わからないんです。私にとってあのひとはどちらかといえばわかりにくいひとでした。でも私は、そのわかりにくさに惹かれておりました。だから私は理由もいわずにとつぜんあのひとが、ぼくたちは結婚してはいけないんだ、ときりだしたとき、そのわからなさに耐えることができたんです。そして私はあのひとがそう言ったとき、理由はわからないけれど、きっとこのひとが言うとおりに違いないと思いました。けれどもそう思うことには、たいへんな努力と悲しみが要りました。私はじっとそれをがまんしたんです」

「あなたは自殺なんて信じられないとおっしゃった。それからいま、片桐さんが理由もなく結婚をことわってきたとおっしゃった。そうすると、こういうことは考えられませんか。つまり自殺するために結婚をことわったんだというふうに――」

「まア」彼女はきっと顔をあげた。そばかすがぐっと濃く彼女の眼のふちに浮きあがったようにみえた。「そんなばかな――」

「つまり自殺の理由も結婚をことわった理由も結局同じあるひとつの理由から生れている。ではその理由とは何だろう、そういうふうには考えられませんか」

「あのひとは戦争のためにうちひしがれてしまったんですわ。戦争があのひとをゆがめてしまったんだと思います。あのひとは、まるで自分ひとりで戦争のつぐないをしなければならないとでも考えているふうでした。そんなあのひとには、だから自分が仕合せになったり楽しい思いをしたりすることが、とてもがまんできなかったんです。まるでもう、ことごとに自分をいじめていじめて、いじめぬいている、そんな感じでした。私はさっき自殺なんて信じられないなんて申しあげました。でもじっさいにはあのひとの人生は、自殺の連続みたいな感じでした。トラックにからだをぶっつけて子供を助けたのもどこかに自殺をねがう心のうごきのようなものがひそんでいて、それがあのひとを、そこへ追いこんだんじゃないか、私、ひどく意地悪になってそんなことを考えたこともあるくらいでした。でもそういうあのひとの態度と、結婚をことわったこととは、少しべつのような気がするんです。もっとべつな何か理由があってそれで結婚をことわってきたんじゃないか――。それがそのまま自殺につながっているのか、それは私にはわかりません。とにかくわかりません。でも私の口からは言いにくいんですが、あのひとは私との結婚をとても強く望んでいたんです。私たちがふたりでいるとき、あのひとはものすごく生き生きして、眼をかがやかせながら、さア、人生をやりなおすんだ、そんなふうに申しておりました。だから私にはわからないんです」

私にもよくわからなかった。わからないなりに私の胸に、じいんとこたえるものがあった。彼女が片桐のわかりにくさを愛したというのも、ほんとうだろう。そしてそれは、ひどくもどかしいことだったにちがいない。愛するということのもどかしさを、からだ一ぱいに感じそのもどかしさだけをしっかり抱きしめていく。彼女にとって愛するということは、そのもどかしさに耐えぬくことにほかならないのだろう。そして私はこの看護婦に会ったことによって、もうこれ以上、片桐正俊の人生に踏みいることのむなしさを思い知らされたような気持になったのだ。

私はそれ以来、何かしら空虚なものが、ひえびえと私の胸をひたしているのをもてあましながらも、片桐の問題については中途はんぱのままほうりなげてしまっていた。そしてある日、偶然が私をもういちどその問題のなかへ投げかえしてくれたのだった。それは紫斑性天然痘の発生というかたちでやってきた。江東区の北砂町に住む十九歳の工員が、紫斑性天然痘にかかって死んだのである。私は東京都衛生局予防課の防疫係長からその病気の症状や伝染経路などを聞くことになった。かれはまず紫斑性天然痘というのは俗称で、正しくは紫斑性痘瘡とよぶべきであると言い、つぎのように説明してくれた。

「この病気の潜伏期間は二週間前後で、発病後五、六日から一週間で百パアセント死亡します。確実な治療法は全くなく種痘があるだけですが、これも菌にふれてからおそくも翌日までにやらないと手おくれになる。はじめに頭痛、腰痛、悪感がします。それからわきの下とか横腹に赤黒い斑点を生じ、やがてそれは全身にひろがる。ものすごい高熱を発するが、意識は死ぬ瞬間まで、さえている。死ぬと赤黒い斑点は消えてしまいます。うそのように、ね」

翌朝、私は患者の発病までの行動範囲を調べるために同僚の湯村とカメラマンと三人で患者がつとめていた工場に向って車を走らせた。私たちはまず城東保健所に行き、種痘をしてもらった。種痘をうけるひとたちが行列をつくって待っていたが、どの顔も不安にかげっており強い恐怖がまちをおしつつんでいるのがはっきりわかるのだった。私たちは保健所を出て、工場へ向った。そのときはじめて私はひとつの事実を発見した。私は自分がうかつすぎたことにひどくやりきれないものをおぼえた。その患者の工場は北砂町六丁目の江東製作所で、これはあきらかに片桐のかつてのつとめ先にほかならなかった。この偶然は私の心をこわばらせた。私は自分が何かにあやつられているのを感じた。私の頭のなかでは、硫黄島で死んだ片桐と紫斑性天然痘で死んだ十九歳のプレス工とがひとつに重なって、めまぐるしく回転しはじめるのだった。

　片桐のからだは岩角に何度もぶつかり、にぶくはね返されながら火山灰のうずまくなかをゆっくり落ちていく。やがて頭蓋骨を粉砕されたかれの死体が崖の中腹の岩と岩とにはさまれたわずかな窪地から発見される。十九歳のプレス工の若い未熟な肉体は、かれ自身の内側から発する高熱にもえあがる。やがて赤黒い斑点がひかえめに皮膚をいろどりはじめ、それはみるまにかれの全存在を、めざましいほどの速度とひろがりでのみつくしてしまう。とつぜん青年は高熱からときはなたれる。生命が最後の一呼吸とともに吐きだされてしまう。そして斑点はぬぐいさられ、かれはかれ自身の皮膚をとりもどす。かれが生命を失ったとき、斑点もまた存在の意味を失って消えていく……。

　江東製作所の事務所は工場主の自宅と棟つづきになっていた。私たちは、ふとった、ちょびひげの工場主に会い、紫斑性天然痘で死んだ工員の発病までの行動などについてお聞きしたいのだと言った。工場主は事務をとっていた中年の男を、私たちに引きあわせた。私はそのほうの話は湯村にまかせて、工場主に「片桐正俊さんと一ばん親しかったひとにあわせてもらえませんか」と言った。工場主の肉のもりあがった頬が感動的にふるえ、かれは「いい男だったのになあ」と言い、私を工場のほうへ案内してくれた。工場主は私を入口のところに待たせ、クランク・プレスのレバアを足でふんでいる若い工員のそばに近づいていった。工場主がその工員に何か話しかけると、その工員は私のほうへ視線をめぐらした。そのときかれは微笑した。その微笑は、少年じみたはじらいをふくんでいるようだった。

私とその工員は工場を出、板壁にもたれながらあいさつをかわした。かれは富田と言い、まだ二十歳にしかならなかった。かれの眼は生き生きともえていて、いつもなにかを追いもとめているような光をたたえていた。富田がどんなに片桐を尊敬し、愛していたかは、そのようにして私にそそがれるかれの眼をみれば、あきらかだった。かれの胸のなかには、いま片桐に対するいろんな思いが一ぺんにふくれあがってきて、かれをなやましくかきみだしているようにみえた。

私は片桐が、昔は製罐工だったが、いまは鈑金のほうをやっていると言ったのを思いだし、そのことを聞いてみた。それは片桐が親方と喧嘩をしたからだと富田は言った。製罐工や撓鉄工には親方がいて、徒弟制度の枠のなかで親方は何人かの職工を抱えこんでいる。親方がほぼうの工場から注文をもらい、それに応じて自分のところの職工をその工場にまわすという仕組みになっている。この親方の不当な中間搾取に対して、職工たちのあいだに不満がひろがった。けれどもそれを親方に向って直接ぶちまける者はいない。そんなことをしたら、どうなるか、だれもが知りすぎるほど知っていたからである。そのとき、片桐がそんな猫の首に鈴をゆわえつけるような役割を買って出たのだった。親方は職工たちの要求をしぶしぶうけいれたが、それとひきかえに、ひとつの条件をもちだした。それは今後のみせしめのためにも、片桐だけはうちへ置いとくわけにはいかない、ということだった。それで、片桐はひとりだけそこからほうりだされてしまったのである。その失業中、かれはトラックにからだをたたきつけた。

「ぼくは」と富田はわかわかしい声で言った。「片桐さんが死んだとき、何もする気がしなくて、一日中、うちんなかで、ごろごろしてました。なんだかはりあいがなくなって、つまんなくて、なにもかもがいやんなっちゃったんです。でも、ぼくは、いまでも、シャアリングのかげかなんかから、あのひとがひょっこり出てきそうな気がするんだ。出来上ったフライパンをひょいと手にとりあげて、指さきで底をそっとなでてみる。するとねっとりとした感じが指さきに吸いついてくる。片桐さんは、にやっと笑うんです。そういう片桐さんをもうみることができないのかと思うと、ぼくは——」

「あなたは看護婦の森さんのことは、ご存じですか」と私は言った。富田は私の眼の奥をのぞきこむようにして、うなずいた。私はどうして片桐が結婚をことわったのか、いきさつを聞かしてほしいと言った。

富田はいらだたしげに両手を作業ズボンにこすりつけた。「森さんの兄さんが硫黄島で戦死したということがわかったからなんです。片桐さんはそのことで、ずいぶん苦しみました。そしてとうとう話をこわしちゃったんです」

「それはどういうことなんでしょう。どうして話をこわさなければならなかったのか——」

富田は下唇をかみしめ、遠くを見る眼つきになった。やがてかれは言葉を重たそうにひきずる、といった調子で話しはじめた。

その日のひる休み、富田は片桐とふたりで工場を出て小名木川の堤防まで歩いていった。向う岸にも工場がいくつも並んでいて、くろいけむりが鈍色の空に巨大な影法師のように立ちのぼっていた。片桐はだしぬけに、「おれはやっぱり森くんとは結婚できない」と言った。その言葉の調子はさびついた鉄屑かなにかのようにひどくささくれだっていた。片桐は、それから硫黄島で、水筒をもぎとろうとしてまだ完全に死にきってはいなかった人間を殺した話をした。「なあ、富田」と片桐は言った。「ひょっとしたらおれが殺したあの日本兵は、森くんの兄さんだったんじゃないのかなあ」

そのとき片桐の眼がいやにねばねば光ったように富田は思った。富田は胸苦しくなって「どうしてそんなことを考えるんだい。ばかだなあ」とむりに笑ってみせた。

片桐はふといためいきをついた。それから自分自身に向って話しかけるように、低い、うちにこもった声で言った。「いや、あの兵隊が森くんの兄さんだろうと、だれだろうとそんなことはどうだっていい。どっちにしたって同じことさ。おれがあの兵隊を殺したということは、つまり硫黄島のすべての日本兵を殺したのと同じことなんだ。おれは水筒のなかのほんの少しばかりの水で自分のかわきをみたすために硫黄島のすべての日本兵をこの手で殺しちまったんだ」

「どうして」と富田は言った。「どうしてそういうことになるの？　ぼくにはわからないな」

「それは、きみが戦争にいったことがないからだよ。人を殺した経験がないからだよ」片桐は苦しそうに言った。「ひとりを殺したのと百人を殺したのとどう違うか、そういうことをきみは考えたことがあるかね。それは数のうえの問題じゃないんだぜ。ひとりの人間を殺すというのは、そのひとりの人間のなかにこめられているすべての人間のねがいやよろこびやかなしみやのぞみを、同時に殺すことなんだ」

「そんなこと、考えないほうがいいぜ」富田は心配そうに言った。「ね、やめなよ」

「おれは自分が生きるために他人を殺したんだ。この手でな」

片桐はふたつのてのひらを前につきだして、力一ぱいひろげてみせた。そのてのひらはがっしりしていて、厚ぼったく、いかにもかたそうで、そこから鉄や油の匂いがぷんぷん立ちのぼってきそうだった。それはうたがいもなく工場労働者のものだった。富田は、きゅうんと胸がしめつけられるような悲しみをおぼえた。

「そのことを森さんに話してみたら？　きっと森さんは、そんなこと問題じゃないって言うぜ」

片桐は首を振った。「それはできない」

「どうしてだい」

「どうしてもだ」片桐は身をこごめると、石ころをあらあらしくつかみとり、小名木川の黒い流れに向けて打ちおろすように投げつけた。

「なるほど」と私は言った。たぶん片桐は、森さんに苦しみをうちあけてなぐさめられたり許されたりすることが、たまらなかったんだろう。その苦しみは自分ひとりで抱きしめていかなければいけない、そう信じたんだろう。そしてその結果、かれ自身はほろび、森さんは傷ついた。あの男は、もしかしたらかれ自身を幸福といったふうなものにみちびいたかもしれないすべての可能性の芽を、こうしてその手でひとつひとつひねりつぶしていったんだ。

私は自分のからだが急に重くなるのを感じた。工場からはドリルの小刻みなひびきやリベッティングのいらだたしげな槌音がきこえてきた。私には、そこには鉄と鉄とで組みあげられた、なにか堅固なものの世界があるように思われるのだった。そして片桐は、もう二度とそこへはもどってこない。

私は言った。「結局、片桐さんは、はじめから自殺するつもりで硫黄島へ行ったということになりそうですね。あのひとの背後にくろぐろとつみかさなった過去の重みからどうしても抜けだすことができなくて、結局、そこへひきもどされていった――」

そんな私の言葉をはねつけるように富田はつよい調子で言った。「そうじゃありません。あのひとは、そんな弱虫じゃない。負けて、硫黄島へ逃げだしたんじゃありません」

私はおどろいてかれを見た。「じゃあ、どうなんです？　どういうつもりで島へいったというんです？」

「片桐さんは、もういちどはじめからやりなおそうとしたんだ」富田は確信にみちて言った。「死んだひとたちのところへいって、自分を裁いてもらおうと思ったんです。死んだひとたちの声に耳をかたむけてそこから自分の人生を新しくふみだそうとしたんです。そういう新しい力を自分のなかに呼びさますために行ったんです。死ぬためにじゃなく、生きるために――」

私には、いまこの青年の内部で、はげしくゆれているものが何であるか、はっきりわかるように思われた。富田の眼に涙がじわじわしみ出て、それがやわらかく光をはじいた。そのきらめきは、私に、はじめて片桐があらわれたとき、かれの紺の背広の肩さきで、つつましやかに緻密な光を放っていたあのこまかな雨の水玉を思いださせた。そして私の胸のなかに、片桐正俊の、暗い遠い道を左足をひきずりながらゆっくり、きわめてゆっくり歩いていく孤独なうしろ姿が鮮明に映しだされた。かれは私の胸のなかの暗い道をどこまでも歩いて行き、それは私から無限に遠のいていくのだった。

〔1957年6月「文學界」初出〕

あゝ江田島

古鷹山は昔のままであった。山はすこしもかわっていないと私はおもった。かわっているのはなんらかのかたちで人間が参加している部分だけなのだ。私はその昔のままの古鷹山をひとりでのぼった。山は私をこばまなかった。私はすぐに山になじんでいった。

山は昔とすこしもかわらず、やはりかなりけわしくてかたくなで、私を疲れさせた。私は山の持っているそんな私を疲れさせるものを愛した。

私はひとりで古鷹山をのぼった。のぼっていく私のからだにある親密なものがぐんぐんひろがっていった。それは私をとらえてくる疲労とまざりあい、私を感傷的にした。私はその感傷にむせびながら花崗岩質の白い乾いた道をふみしめていった。

萩がうす赤く色づいていた。そんな小さな花びらのかげにも私の胸を刺す何かがひそかに息づいているようだった。緑の羊歯のしげみが足もとに生えひろがり、からみついてきたが、それらの緑のつややかな葉のいろにも私の心をしめつける何かがしのびやかにゆれうごいていた。

私のあとからついてきたしょいこを負った小学生がもくもくと私を追いこしていったとき、私の足は少しもつれた。私は汗ばみ、あえぎ、疲労した。しかし私は力にみちて歩きつづけた。

山の中腹の林のなかで小学生が数人松かさを帽子にいっぱいひろいあつめていた。そのとき私はふっともう戦争はおわったのだ、とおもった。あれらの日々はもうこの子供たちのうえにはどのような影をもおとしていない。

私は岩がごつごつした岩肌を噛みあわせるようにして堅い起伏をつくっている道をのぼっていった。芋畑に出た。私を追いこしていった小学生がしょいこをおろし、芋畑のまんなかに突っ立って海を見ていた。小学生のそんな姿勢はひどく分別くさく、この小学生はいまおとなの心で海を見ている、そんな感慨が私に来た。

私は小学生をのこしてさらにけわしさをました山道をのぼっていった。その私はやがて古鷹山の中腹の私たちが三笠山と名づけていた台地にのぼりついた。そこまでくると呉の軍港に巨体をよこたえていた戦艦大和がながめられたので私たちはその台地を三笠山とよんでいた。大和を見るために私たちはよくここまでのぼってきたものだった。

あのころ私には巨大な大和がどこか孤独なものの影を曳いているようにおもわれてならなかった。大和を見にいこう、私たちはよくそんなことを言いあったが、そのとき私は、大和のなかの孤独を愛したのかもしれなかった。あれはたぶんレイテ作戦から帰ってきたあとだったのだろう。その大和は二十年四月、捷一号作戦に参加するため柱島水道をでて沖縄にむかった。そして豊後水道を出てまもなく魚雷をうちこまれたのだった……。

ある日私たちが三笠山にのぼりついたときすでに私たちは大和を見なかった。大和を失った海はその部分だけうつろで、暗く、死んでいるようだった。私は、海が死んでいる、とおもった。

いま私は三笠山にたち、肩で息をしながらもういちど海は死んでいるとつぶやいてみた。あれらの軍艦たちはいまどこへ消えたのだろうか。あれらの青春たちはいまどこにねむっているのだろうか。

大和が出動するまえ、私たちより一期先輩の少尉候補生たちが乗艦して戦闘に参加させてほしいとねがい出たときI司令長官が「つぎの作戦があるからそれまで待て」とおしとどめたというはなしを私はおもいうかべていた。あのころ山へのぼってみるたびに瀬戸内海にうかんでいた軍艦の数がつぎつぎにへっていくのを見て、胸のなかをすきま風がふきぬけていくようなわびしさをおぼえたものだった。

そんなわびしさがいまふっと私の胸ふかくふたたび立ちのぼってくるようだった。

私はひとりでからだをこわばらせながら山道をのぼっていった。私は汗ばみ、あえぎ、そして疲労した。私は私を疲れさせるものをゆるした。

私は東の峰までのぼりついた。私はふかくはげしくあえいだ。私の全身から汗がふきあがった。つくつく法師がしきりにないていた。とびがあたまのうえでゆるやかな輪をえがいて舞っていた。私はあえいだ。私はことさらはげしくあえいでみせた。私のあらい息づかいが私の孤独感を深め、確実なものにした。

私は山が少しずつ私のなかにしのびこんでくるのを感じた。私のなかに山のすべての部分がはいってくる。そしてその私は少しずつとけて山の木や草や花や岩や土たちがかたちづくるしずかな沈黙の世界に同化していく。

私は自分が少しずつ周囲の自然のなかにとけこんでいくのを感じながら昔の海軍兵学校の建物を見おろしていた。

そして私はいまから三十分ほど前、その正門前まで行きながらついになかへはいる気になれなくて立ちつくしていた自分をおもいだすのだった。

私は終戦いらいいままでこの江田島の土をふんだことはなかった。それがこんど近く妹が結婚することになり、その相手の青年の実家が呉市にあるので、そこを訪ねての帰りみち、ふと江田島まで足をのばしてみる気になったのだった。

海軍兵学校の建物はいまでは海上自衛隊の術科学校になっている。私は術科学校の門の前まで行ったとき、やはり歳月の重みといったふうなものを感じないわけにはいかなかった。私はそこにかつての徒労にみちたまずしかった青春の痕跡をふたたび見いだすことはできなかった。

私はひどくうらぶれた気持でその門をはなれた。

その私の足は舗装された石の坂道をしらずしらずにのぼりはじめていた。その白い石の道は細くながくうねうねとつづいていた。両側にはあまり裕福そうでもない商家がひしめきあっていた。その風景は私にあまりはやらない田舎の温泉まちをおもいださせた。家並はなんとなくしめっぽく沈んでいて、白い道だけがあざやかにうきあがってみえた。その白い道にひきよせられるようにして私の足はしぜんにゆるい勾配をのぼっていった。私はその白い道が私を古鷹山にみちびいていくことを知っていた。そして私は山をのぼった。

いま古鷹山の東の峰に立った私の視野のひろがりのうちに何かがよみがえりはじめるのを、私は感じあてていた。

十余年前、それらはやはりそこにそのように存在した、私はそんなふうなことをおもうのだった。いまこうして古鷹山の頂上にひとりぼっちで立っていると、私の視野のひろがりのうちにどこからともなく吸いよせられ、鮮明にかたちをうかびあがらせてくるものがあった。私はそれらのものを、亡霊といったふうな言葉ではよびたくなかった。私は何かが足もとからわきたち、私の苦しい息づかいに波打つからだを包みこむのを感じた。私はふかぶかと息をすいこむようにして、いま足もとにすべてをあらわしはじめているものをながめわたした。

海は青い安息のうちに沈みこんでいた。それはひかりのなかにねむっているとでもいうふうであった。オイスタア・ベッド（牡蠣床）が白っぽく点々とそのなめらかな青いひろがりのうえにはめこまれたようにうかんでいた。似島の安芸小富士や厳島などが裾をあいまいにぼかしながら浮きでているのを見たとき、私は自分のからだが十余年前にぐっとひきもどされるのを感じ、そしてその私をひきもどすもののなかにのめりこんでいくよりほかしようがないとおもうのだった。

風が立った。それはふいに足もとから立ちあがり草々をざわめかせた。その草々のざわめきは不安にみちているもののようにおもわれた。草がざわめき、そのたびにはげしい草いきれがかきたてられ、私をうった。私はからすがなくのを聞いた。

それは私の心にしみいった。私は心があたりの静寂のなかにしんとしずみこんでいくのを感じた。そしてそのときふいに背後に何かがうごいた。そのうごきは何かの存在の気配を私に感じさせた。しかしその存在にはひどく量感が稀薄だった。

私は背後にうごくものに恐れをおぼえた。その恐れは私に振り向けと命じた。私はほとんど祈る心でふりむいた。私の背後に岩がうずくまっていた。岩はしめっぽかった。岩はそのしめっぽさのうちにすべてのひかりを吸収してしまっていてそのためにひどく黒ずんでみえるのだった。ついで私は岩がゆらめくのを見た。私の心は凍った。岩のゆらめきのなかから影のようにひとりの男が立ちあらわれた。

その男がほおえみかけたとき、私はそれがあの村瀬真一であることをみとめた。私はおもわ

ず、

「村瀬」と息をつめて言った。

かれは白い生地をカアキ色にそめかえた作業服を着、略帽をかぶっていた。作業服の胸にはネームプレートが白くうきあがっていた。

「村瀬じゃないか」

私は深い吐息とともに言った。

村瀬は何かを言おうとしたが、何も言いださぬうちにその表情がかなしげにゆがみ、くずれていった。かれはひっそり首をふった。するとそれが合図ででもあったかのように木や草や岩のかげから、つぎつぎにおなじようなすがたをした兵学校の生徒たちが、音もなく立ちあがってくるのだった。

かれらは私をみつめていた。私は自分のからだがかれらのかなしげな凝視にいすくめられて、しだいに量感を失っていくのを感じた。やがて風がわきあがるようにきわめて低いささやきがかれらのあいだから流れはじめた。そのささやきはしだいにふくらみ、高まり、ひとつの歌声にそだっていった。その歌声はさらに風をよび、木や草や岩のあいだにゆるやかにひろがりあふれていくのだった。

ほうはい寄する海原の

大濤くだけ散るところ
ときわの松のみどりこき
秀麗のくに、あきつしま……

十余年前やはりかれはそのように立っていた。

村瀬真一はそこにからだを棒のようにこわばらせて立っていた。殺気のようなものがかれの固く立っているそのあたりを中心にうずまいていた。私は息を殺してじっとその殺気のようなものに耐えていた。

私はその殺気のようなもの、村瀬のからだを内側からかたくこわばらせているものに耐えることによって自分が村瀬につよくむすびつけられていくのを感じていた。

それはあの入校第一日の自習室での出来事であった。

昭和十八年十二月一日、入校式は練兵場でおこなわれた。練兵場の芝生のみどりのひろがりの正面には、軍艦千代田の艦橋をマストといっしょにとりはずしたものが、すえつけてあった。それは千代田艦橋とよばれていた。その艦橋のうえに校長が立った。かれの口がひじょうにすばやくうごいた。それは生きもののようにうごいた。けれどもその口からはきだされた言葉は、その口の微妙なうごきほどには私の心をとらえなかった。その艦橋のわきには教官の夫人たちが盛装でずらりとならび立っていた。あきらかに私たちの視線を意識した驕慢なよそよそしさをむきだしにしながら、それらはそこにひしめいていた。私は彼女たちに腹立たしさをおぼえた。そしてどういうわけかむしょうにはずかしくてたまらなかった。私はそれらの白い顔々がつよい色彩とたがいに効果をたしかめあいながら流れるようにいならんでいるのを、腹立たしさと羞恥とのいりくんだ妙な気持で、ながめていた。

式のあとで私たちは伍長に引率されて分隊の自習室にはいった。伍長というのは分隊の先任の一号生徒のことなのだ。分隊には一号、二号、三号の三階級の生徒が十五人くらいずついる。私たち入校したばかりの生徒は三号である。

私たち新入生が室にはいっていくと、すでに一号、二号はさきに室のなかで待っている。かれらとむかいあった私たちは一列にならばせられた。

「これから貴様たちに自己紹介をやってもらう」と伍長が大きな声で言った。

私は室のなかいっぱいにあらあらしい気配がみなぎっているのを感じ、緊張した。

「その前にまず二号、それから一号が自己紹介をする」

二号、つづいて一号の順に先輩たちは自己紹介をはじめた。それは自己紹介などというものではなかった。まるで怒号だった。熱っぽい息を出会いがしらにいきなり顔いっぱいにふうっとふきつけられたような感じだった。何かひじょうにあらっぽいやばんなどうにもやりきれないようなはげしいものが室いっぱいにごうごうと吹きわたっていた。

「さア、貴様たちの番だぞ」とだれかがどなった。一ばん右端の三号が出身校と姓名を名のった。するとそれが終りきらないうちに、「きこえん」という罵声がたたきつけられてきた。

「やりなおし」とだれかが言った。

さいしょの三号はこんどは前よりもはるかに大きな声で名のりをあげた。

「よし」とだれかが言った。二番目の三号が同じように出身校と姓名をどなるように言った。そのたびに一号のあいだから、あらしのような怒号や罵声がはじけとんだ。そのなかにひとり日本刀をつかんでいる男がいた。その男は何かと言うとすぐに鞘ぐるみ日本刀をふりまわした。その男のからだのなかには何かひじょうにつよい発条でも仕掛けてあって、それがちょっとしたはずみにおそろしい力でびゅうんとはねあがり男のからだをつきあげるのかもしれなかった。男のからだはものすごくしなやかにはねあがったり、ねじくれたりした。しかしどういうものか、私はこの男にたいしてあまりわるい印象は持たなかった。私は要領はけっしてわるいほうではなかったから、おもいきりはらの底からしぼりだすような声をはりあげ、たった一回で合格してしまった。そして私のとなりの番になった。その男は、おちついた声でゆっくり、

「東京××中学出身、村瀬真一」

と言った。

そのとたんにいままでのなかでいちばんはげしい怒号がわきおこった。私にはその村瀬のからだがみるみるかたくひきしまっていくのが感じられた。

もういちどかれは姓名申告をした。けれどもやはり第一回目のそれとあまりかわりばえがしなかった。三回目をやった。こんどはかなりよかったとおもわれた。ところが例の日本刀の一号が、「やりなおし」とどなった。四回目をやった。また日本刀の一号が「やりなおし」と言った。ほかの一号はなにも言わないのにその日本刀の男がひとりやりなおしをかけるために、村瀬は五回も名のりをあげさせられたのだった。そして五回目がおわったとき、日本刀の一号はひどくおもおもしい足どりで村瀬の前まで歩いてきた。

「村瀬」とかれは言った。「おれのこの顔をよく見ろ」

そう言ったままその一号生徒は両足をややひらき、そのあいだに日本刀をどんとついて、村瀬のすぐ眼の前に立ちはだかり、じっと村瀬の顔をにらみつづけた。

そのうちに村瀬のからだからなにやら殺気に似た気配がたちのぼりはじめたのだった。

「村瀬」とかれは言った。「わかったか。おれがなぜ貴様に五回も姓名申告をさせたか、わかったか、わかったな」

ふいに私は村瀬のからだがやわらぐのを感じた。かれのからだがわずかにゆれた。そして日本刀の一号の表情に妙にひとなつっこい明るいひかりが一瞬ふっとさしこむのを、私はみとめることができた。

この出来事で私は村瀬に親近感をおぼえた。村瀬の態度には要領のよさといったふうなものは全くみられなかった。要領をよくして手ぎわよくことを処理しようとする努力をはじめから放棄しているようなところが何となく私の気に入っていた。それに姓名申告のときのかなり異様な興奮にもまきこまれず、そういうものから自分を隔離しておこうとでもするような、ちょっと骨っぽい感じもあって、私はそんなかれに好意をもったのだ。そればかりではなく、あのとき日本刀の一号と村瀬とのあいだにひらめいた殺気とそしてそのあとふいにふたりをとらえたあのやわらぎ、あれには何かがある、と私はおもい、その何かをつきとめたいという気持もはたらいて私はいっそう村瀬に心をひかれていったのだった。

私にははじめのうちは同じ分隊にいるどの三号生徒もみな競争相手のような気がして、少しもなじめなかった。仲間というよりも何だか敵に近い感じで、おたがいに何となくうちとけあいにくいものをかぎとっていたのである。そんななかにあって、私の感情は村瀬にたいしてだけはとくべつにひらいていた。それに何よりも私を村瀬に近づけたのは、かれと私とは寝台がとなりあっているという事実だった。

そうしたある日、私たちの分隊では三号生徒だけが分隊監事につれられて古鷹山にのぼった。東の峰と西の峰とにわかれるちょうど鞍部のところで分隊監事は私たちを休憩させた。私たちはてんでにちらばって行った。私は村瀬とつれだって行動しようとおもっていたのだが、いつのまにか、かれを見失ってしまっていた。よほど時間がたってから、私は東の峰の頂上の少し手前の岩かげにかれが身をひそめるようにしているのを見つけた。そのとき、私は水筒の水をのもうとして口をあけたところだった。水筒の蓋をあけて、ふと顔をあげると、全く偶然にも岩かげにいたかれが眼にとまったのだった。私は水筒の蓋をあけたまま、水筒を左手でささえながら、しのび足でその岩のほうへ近づいていった。私ははじめかれがそこでいねむりでもしているのかとおもったのである。ところがそばへ寄ってみると、かれは左手に持った何かに熱心に見入っているのだった。

私は好奇心につきうごかされて、さらに足音をしのばせ、かれの背後にせまっていった。かれの左手にあるものはどうやら写真らしかった。

私はかれがあんまり熱心にそれをみつめているので、おどろかしてやろうとおもい、いきなり、

「こらッ」と言った。

するとかれのからだがぴくんとひきつった。かれはふりむこうとはせず、そのままじっとか

らだをかたくしていた。そして左手に持ったものを、少しずつ左手をうごかしながら作業服の上衣のポケットにしまいこもうとするようすだった。私はとっさにかれにおどりかかり、その左手のなかのものをとりあげようとした。私が一歩ふみだしたとたん、かれのからだがはじかれたように立ちあがり、同時に右手が何かを薙ぎ倒そうとするかのように横ざまに走った。

私はふいをうたれてよろめいた。かれはふりむきざま私にとびかかろうとしたが、そのときすでに私は足をふみすべらして、横倒しに倒れていた。私は水筒の水をしたたかに自分の顔にあびてしまった。

「なんだ、貴様か」と村瀬は暗い表情で言った。

私はゆっくり立ちあがった。私たちはなんとなく、気まずいおもいでだまったまま突っ立っていた。私はそのとき水筒の蓋をしめようとし、蓋がどこかへ落ちてしまっているのに気がついた。

「しまった、水筒の蓋がとんじまったぞ」私は照れかくしの気持もあってそんなことを言った。

「む」村瀬がみじかく言った。その顔に困惑のいろがうかんだ。

私は中腰になってあたりをさがしまわった。「とにかくあれでも兵器のひとつだからな」

「すまん」と村瀬が言った。「おれがさがそう」

「いや、おれがわるかったんだ。貴様をおどかそうとしたりして」と私は言った。

私たちはふたりで草むらのあいだをかきわけながらさがしたが、どこにも見あたらなかった。そのとき笛が鳴った。それは分隊監事の吹きならす集合の笛だった。

「いかん」と村瀬が言った。「貴様、さきに行け。おれがさがすから」

「いや、それはできんよ」

私は胸にあたたかいものがこみあげてくるのをおぼえた。

「あったぞ」とつぜん村瀬がうめくように言った。「こんなところにあった」

村瀬は羊歯のしげみのかげから、土にまみれたちいさな水筒の蓋をつまみあげてみせた。そのかれの表情は明るく生き生きとしていて、岩かげにいたかれに私が迫ったときかれがみせたあの暗い妙にねばっこい感じのものはすでにどこにもみられなかった。

私は自分の頬がゆがんでくるのをおさえることができなかった。村瀬は私に水筒の蓋をわたすとほとんどささやくように、

「さっきおれがみていたのはな、あれはおふくろの写真だったんだ」

と言った。

村瀬にはどことなく暗いかげのようなものが感じられた。その影の部分が私をひきつけたのであったかもしれない。

日曜日の外出のときに私はよく村瀬といっしょに古鷹山や津久茂山にのぼった。私たちはあまりクラブにはいかなかった。兵学校では生徒のために江田島の民家をチャーターしていた。それはクラブとよばれていた。生徒たちは日曜外出にはそれぞれのクラブへいって、そこで解放された一日をすごすのだった。私はクラブへいくことにとくに抵抗をおぼえることはなかったが、村瀬はクラブのもつふんいきに何かなじめないものを感じているようであった。たまにクラブへ行っても、座談のなかまにははいらず、何となくひややかな表情で、談笑する同期生たちを無感動な視線でながめているだけだった。私もどちらかというと社交性のとぼしいほうで、そんな村瀬のはじきだされてぽつんと孤立しているようなすがたにかえって親近感をおぼえたものだった。

私はべつにはっきりした自覚があって、それにうながされて海兵にはいってきたわけではなかった。群集心理のようなものにまきこまれて、何となくそうすることが自分にとって一ばんしぜんであるような気がして、海兵をえらんだというにすぎなかった。しかし村瀬の場合、なぜこの男が海兵をえらんだのか、ちょっと理解できないようなところがあった。どんなに適応性を欠いた人間でも、江田島の空気のなかでもまれているうちに、いつのまにか江田島ふうのあるタイプにねりあげられていくのだが、村瀬は自分が周囲に順応することを意識的にこばんでいるようなのだ。それならはじめからこんなところへはいってこなければいいのに、と私はおもっていた。私はいつか折があったら、村瀬にそのへんのいきさつをきいてみたいとおもっていたが、村瀬は人一倍自分を語ることをきらっているふうであった。

それに私には姓名申告のときに、村瀬にするどく迫っていった、あのからだに発条でもしこまれているような強靱な感じの日本刀をもっていた一号生徒と村瀬とのあいだにあるものもなんであるのか、わかっていなかった。あの一号生徒は小暮伸二といい、私たちの分隊の一号のなかでは末席におかれている人物であることは自習室の机の位置ですぐにわかった。私はあのふたりの出会いに何かひとつの意味がかくされているにちがいないと信じてうたがわなかった。けれども村瀬はかれと小暮生徒とをつなぎとめている何かについてはすこしも語ろうとはしなかった。そんなかれの態度は古鷹山のあの岩かげで、近づいていった私をふりはらい、左手に持ったものをかたくなに、おおいかくそうとしたときの一途におもいつめた暗い表情を私におもいおこさせた。

小暮生徒の存在は一号のあいだでもとくべつの重みをもっているようであった。姓名申告のとき自習室で日本刀をつかんでいた小暮生徒に私が感じあてたある異様な迫力はそのまま一号生徒のあいだにもひとつの畏怖として生きているらしかった。

かれは本来ならば、もう卒業して少尉候補生になっていなければならないのだが、成績がわるくて一年落第したということだった。

しかも落第して、いまでもなお末席にいる。すべてにたいして超然としているところがあって、だれもがそんなかれに一目置いていた。

小暮生徒は中肉中背の男で、見かけだけではべつにひとをおそれさせるようなところは、ひとつもない。強いていえば、眼がするどくひげがこいくらいのものだった。そのくせかれが歩いてくるだけで、そのまわりの空気が急にひきしまってくるようなものをただよわせているのだった。

「おれは海兵を愛してるからな」落第したとき、かれはぶっきらぼうにこう言ったとつたえられている。

かれは生徒としてはけっして模範的な生徒とはいえなかったが、ある意味では、いちばん兵学校そのものに密着して生きているのかもしれないとおもわせるところがあった。すくなくともかれは海兵生活を十分たのしみながら、しなやかにたくましくそしてのびのびと生きていた。

私はある日、課業終了後、生徒館のはしの洗濯場で下着を洗いながら村瀬に、

「貴様は古鷹山でおふくろの写真を見ていたと言ったな。それはいいんだが、あのときおれになぜあんなこわい顔をしたんだ」とあたりに一号生徒がいないのをみすまして言った。兵学校では何か行動しているときにはぜったいおしゃべりをしてはいけないことになっていた。洗濯

中しゃべるなどということももちろん禁じられていた。しかしそういう禁を破ってまでも村瀬に問いかけずにはいられない何かが私をうごかしたのだった。するとかれの顔がかげった。私は、いけなかったかな、とおもった。おふくろの写真に見入っているところを他人にみられたくないという気持は私にもよくわかるのだ。だがあのときの村瀬の表情には、弱味をひとにみられてしまったという間のわるさやはじらいや狼狽とは全くべつの感情が生きていた、そう私にはおもわれたのだった。

「そんなにおれの顔、すごかったか」と村瀬は言った。

「すごいのなんのって」私は冗談にまぎらして言った。村瀬は笑った。

「おれにもわからない」とかれは言った。「あのときどうしてあんなにはげしい感情があふれてきたのか、おれにもわからないんだ」

それからかれは顔をあげた。その顔はもう無邪気に、明るくはずんでいた。

「それより、貴様、入校式のとき教官の細君連中がごてごて着かざってならんでたの、おぼえてるか」とかれは言った。

私は、ああ、と言った。

「あれ、何だか手あらくわいせつだったな」

手あらくというのは私たち兵学校生徒の特殊な用語で、とても、というほどの意味をもっている。

「わいせつ?」と私はききかえした。

「わいせつさ、あいつらみんな」

「あいつらって、だれだい」

「教官の細君たちだよ。いや、女ってやつはみんなああなんだからな」村瀬は少年に似つかわしくない口調で言った。私が夫人たちの盛装に腹立たしさと羞恥とを感じたその心のうごきも、村瀬がうけとったわいせつ感とけっきょく同じ根につながっているのかもしれない、と私はおもった。


私たちは一号生徒にそれこそ手あらくいためつけられ、きたえあげられていった。

海兵では私たちは階段をのぼるときには、かならず二段ずつしかもかけ足でのぼらなければならなかった。一号生徒はよく階段のおどり場に立って、階段をかけあがってくる私たち三号生徒を待ちかまえていた。

私たちの動作が敏捷を欠いていたり不正確だったりすると、一号生徒は「待てえ」とどなるのだ。それは階段をのぼる場合にかぎらなかった。私たちはいつどこでふいにうしろから、あるいは横あいから、この一号生徒の「待てえ」におそわれるかわからなかった。そういう意味ではいつも私たちは全身の神経の緊張を強いられていた。何となくだらしのない恰好で歩いていても、「待てえ」とよびとめられ、びしびし気合をかけられたり、なぐられたりする。「待てえ」がかかると、おもわず全身が電流にでもうたれたように、びりりとする。よびとめられたのが自分でなくても、その衝撃は同じことである。「待てえ」をかけるときの一号生徒の表情にはかならずといっていいほど充実した陶酔的なものがあふれていた。青春のもつ何か過剰なものが「待てえ」という気合とともに発散して、妙ななまぐささでこちらの神経にからみついてくる。そういうかたちによってしか発散させることのできない何かが私たちを重苦しくするのだった。

村瀬は私たちの仲間では一ばん「待てえ」におそわれる回数が多かった。かれにはむりやり反抗しているふうなところがあり、それが一号たちの反感をますますそそることになるのだった。

あるとき私はかれといっしょに二階の寝室へ何かをとりにいこうとして、階段をのぼる途中でおどり場に待ちぶせしていた一号の「待てえ」にひっかかったことがあった。

私はおもわず足をぴたっととめてしまったが、村瀬はその一号生徒の横をすりぬけるように平然とかけのぼっていった。

「こらッ、待たんか」と一号生徒はわめいた。村瀬はとまった。その一号生徒は私のほうにむかって「貴様はよろしい。かかれ」と言った。私は階段をかけのぼった。しかし村瀬が気になるので、手すりのかげにからだをかくすようにして、下を見おろしていた。

「貴様」と一号生徒は言った。「しれっとしとるぞ」

このしれっとしているというのも兵学校特有の言葉なのだ。ふてえやろうだ、とでもいうところだろうか。一号生徒は村瀬の胸ぐらをつかんで二、三段上の階段からかれをひきずりおろした。

「貴様、待てえがきこえなかったのか」

「きこえました」と村瀬はおちついて言った。こういう場合、だれでも、きこえていても、きこえませんでした、と言うものなのに、村瀬はおそろしくはっきりした口調で、そう言った。とたんに一号生徒は大きな身ぶりで村瀬の頰をはげしくなぐりつけた。よろめく村瀬のからだをひきもどすようにして、一号生徒はもういちど村瀬に一撃をくわえた。また村瀬はよろめいた。一号生徒はさらに三回目の鉄拳を村瀬にあびせようとしたが、そのとき階段の下から、

「待ってくれ」というするどい声がかかった。一号生徒はその声にたじろいだ。小暮生徒がかけあがってきた。一号生徒は相手が小暮生徒であることをみとめると、気勢をそがれたように村瀬から、からだをはなした。

「すまん」と小暮生徒は言った。「こいつは、おれにまかしてくれ」

一号生徒はだまってうなずき、階段をおりて行った。私は村瀬と小暮生徒のいるところまでおりて行った。

村瀬は頰の内側を切ったらしく唇から、血が泡だちながらふきこぼれていた。小暮生徒はハンカチーフで村瀬の口もとをぬぐってやった。

「かかれ」と小暮生徒は血にべっとりと染まったハンカチーフをにぎりしめながら言った。

私と村瀬とはそのまま階段をかけのぼって寝室へ行った。寝室で私は村瀬に「どうしてきこえましたなんて言ったんだ」と言った。

村瀬はよわよわしく笑って言った。「おれにもわからないんだ。おれには何かそういうものがいつも底のほうで、ぶすぶすくすぶっているらしいな。それにきこえたことは、ほんとうなんだ。おれはうそをつくのはきらいだしな」

私は村瀬がじっと抱えこんでいる何か重く暗いものを見きわめたいとおもっていた。そしてそのかくされたものは、きっとどこかで小暮生徒と村瀬とのふしぎな関係につながっているにちがいない、と私は考えていた。

その村瀬のなかの重く暗いものがある日、ついに私の前に全貌をあらわしたのだった。

その日は日曜日だった。

「田口教官のうちへあそびに行かんか」と小暮生徒が私と村瀬とに言った。私たちに異存はなかった。

田口教官は英語を担当している文官であった。田口教官の授業は生徒たちになかなか人気があったが、それは田口教官の寛大さのせいであった。

田口教官は生徒が自分のはなしをきいていてもいなくても、そんなことにはおかまいなく、所定の頁だけ講義をどんどんすすめていき、時間がくると、さっさと教壇をおりていく、そんなタイプの教授だった。といっても田口教官はけっしてなげやりだったり、無責任だったりしたわけではなかった。

おもうに田口教官は私たちのもっている過剰な若さを、自分の老いた身をできるだけひかえめにつつましくたもつことによっていたわろうとしていたのではあるまいか。田口教官は自分が何かのかたちで積極的に若い人たちに影響をあたえるということを極力さけようとつとめていたようなのである。

田口教官はやせて背がひょろながく、いつも前かがみになって歩いていた。胃がわるくて、しょっちゅう魔法瓶にせんぶりをつめて持ちあるいていた。そんな田口教官はひどく年寄りじみてみえた。そのくせ英語の発音はおどろくほど流暢だった。

田口教官は生徒には人気があったけれども、そんなふうだったから、若い未来の兵科将校たちにはたよりない存在とおもわれていて、田口教官の官舎へあそびにいくものなどほとんどいなかったのである。

小暮生徒は英語だけはずばぬけてできた。そんなことから田口教官の信任はかなり厚かった。しかし田口教官が小暮生徒をかわいがっていたのは、小暮生徒の語学力のせいばかりでもなかったとおもう。このふたりは表面はいちじるしく対照的なタイプの人間のようにみえながら、じじつは、それぞれの気質のなかにかなり色濃く共通して流れあうものを持っていたのではなかろうか。教官の官舎は校内の高台に建っていたが、それはやや古風なスマートさをもっており、英語のリーダーのさし絵でしばしばみかける家の感じに似ていた。その日はちょうど朝から粉雪がちらついていた。官舎の屋根にうす雪がほんのりふりつもっているのが、ふしぎにあたたかな印象で私の眼に映った。この日私が田口教官の家ですごした何時間かはかなり異様なものであった。その数時間は兵学校生活の秩序からはみだして、それじたい何か独立した世界をつくりあげている、少しおおげさに言えば、そんな感じであった。

田口教官はお茶のかわりに煎じたせんぶりを湯呑で、おいしそうに少しずつ飲んでいた。教官の横には教官の二番目の娘である由美子さんがすわっていた。私は兵学校にはいってからは、そんなにまぢかに若い娘を見たことはいちどもなかった。由美子さんは私にはまぶしい存在だった。田口家ですごした時間が、兵学校生徒のもつ日常性からはみだしているように感じられたのは、ひとつには由美子さんがそこにいたせいだったかもしれない。

とはいえ、由美子さんはそれほど美しいひとというわけではなかった。彼女はお下げに編んだ髪を両側にわけて長くたらしていた。彼女がおおげさな笑い声をたてるたびにそのつややかな髪の束がセータアを着た彼女の肉のうすい肩のあたりをたたいた。

彼女も父親に似てやせていた。顔いろは青白く沈んでみえた。唇もうすく、やせた顔に眼ばかりふつりあいに大きく、どこか古い少女小説にでてくる貧血性の女主人公をおもわせた。

「諸君は軍人じゃないんだ」と田口教官は言った。「軍人だという意識をすてて、素朴な少年の心で兵学校生活をたのしまなくちゃいけない。私は兵学校的秀才はきらいなんだ。私のすきなのは小暮生徒のような落第坊主だ」

小暮生徒は頭をかいた。そのしぐさはひどく子供っぽかった。小暮生徒は甘えている。私はそうおもった。

「私もそうおもいます」と小暮生徒は言った。「いつもおれは兵学校生徒だという意識で、からだじゅうをしゃっちょこばらせていたんじゃ、かんじんの兵学校精神は窒息しちまいます。兵学校生徒だということを完全に忘れ去って、自由にしぜんにおもうままに行動して、それがそのまま本質的に兵学校精神とぴったりとけあっている、私はそういうのが一ばんすきですね」

「そんなにうまくいくかしら」と由美子さんが言った。その由美子さんの言い方はひどくいたずらっぽかった。

「小暮生徒は成功してますよ」と村瀬が言ったので、みんなは笑った。その場のふんいきが私たちのあいだの一号とか三号とかいうことの気持のへだたりをとりはずしてくれたせいか、村瀬もそんなうちとけた言い方をした。

「落第しなけりゃいかん」と田口教官が言った。

「でも落第したら、おうちで心配なさるでしょ」と由美子さんが言った。「お母さんが悲観しちゃうわよ」

「お母さんか」田口教官は低い声で言ったが、その声音には、ある感情がこもっていて、それが私をはっとさせた。

「あら、ごめんなさい」と、由美子さんはあわてて言った。「わが家じゃ、お母さんて言うのは禁句になってるんです」

彼女は少しおどけて、ことさらわが家というような言い方をした。

由美子さんの母、つまり田口教官の夫人は数年前、病死したことを私はこのときはじめて知った。由美子さんの姉さんというのは田口教官のやはり教え子の海軍士官と結婚して、いま九州にいる。由美子さんは呉の女学校の五年生で、呉の海軍工廠に勤労動員でつとめているが、日曜日ごとに江田島へ帰ってくるのだった。

このお母さんがきっかけになって、私はついつりこまれて、村瀬が古鷹山で母親の写真にひとりで見入っていたときのことを、話題にもちだした。この時私にいくらか意地悪い気持がまざっていなかったとはいえないとおもう。

「村瀬さんも、お母さん、いらっしゃらないの」と由美子さんが言った。

「いいえ」と村瀬は素直に答えた。「生きてます。じつは私はその母親からはなれるために海兵へはいってきたんです」

そしてほぼつぎのような事情を、ぽつりぽつり語ったのだった。

村瀬は東京の下町の中学校出身だったが、中学時代のかれは不良で手がつけられなかった。頭はよくて学校の成績はけっしてわるいほうではなかったが、いわゆる硬派の不良少年で他校の不良仲間とけんかばかりしていた。

受持の教師は村瀬の家庭をしばしば訪問して、緊密な連絡をとりながら村瀬の行動をきびしく監視していた。

その教師は英語を教えていた。村瀬はその教師をすきだった。村瀬が退校処分になりそうだったときも、その教師は熱心に村瀬をかばい、村瀬の処分を撤回させたほどだった。

教師は村瀬をゆがめているものが何であるかを十分知っていた。村瀬の父親は株屋だったが、村瀬が五つのとき、病死した。

母親は村瀬をつれて、父親の株屋仲間だった男のところへとついだ。これがいまの村瀬の父親である。この男はいまでは小さなプレス工場を経営している。やがて村瀬の妹が生れた。妹が生れると、父親の愛情は妹のほうに集中されて、村瀬の存在はへんにまのわるいものになってしまった。

母親は村瀬を愛するのにも夫に気がねしなければならなかった。母親が少しでも村瀬への愛情を示したりすると、この父親は、

「お前は死んだ亭主が忘れられないんだろう」などと理不尽なことを言いたてて、彼女を責めた。

母親は夫にかくれて村瀬を愛した。

教師は村瀬の父親にも会ったが、父親はまるでとりあおうとしなかった。

「ひとの家庭にまで立ちいってよけいな口出しをしないで下さい」

父親は若い教師を全くよせつけようとしなかった。父親は村瀬に嫁をもたせたらどこかへ出してしまい、妹に婿をとらせて、自分がいまやっているプレス工場のほうを手つだわせるつもりでいるらしかった。

ある日、教師は村瀬を自分の下宿先へよびよせた。教師の下宿は隅田川に近い花屋の二階だった。教師の六畳ひと間のその室はひどく殺風景だったが、坐り机のうえにあふれるように花々がいけてあり、甘ったるい匂いをほのかに立ちのぼらせていた。

窓からみると、隅田川の流れが、きらきらきらめいていて、そこから川の匂いとでもいうふうなものが吹きこんでくるようだった。

「なア、村瀬」と教師は言った。「お前、海兵をうけてみないか」

「海兵？」と村瀬は言った。

村瀬は中学校を卒業したら軍需工場へでも住込みではいるつもりだった。そして時がきたら兵隊にとられていけばいい、そうおもっていた。積極的に軍人の学校へはいるつもりはなかった。

村瀬の中学校では五年生になると、進学組と就職組とにはっきりわけてしまい、進学組のなかにさらに軍の学校へすすむ者だけをあつめたひとつのクラスを設けていた。村瀬は就職組にはいっていた。

「きみをこのまま就職させるのはもったいない気がするんだ」と教師は言った。

「でも、母がなんて言うか」

「それはぼくにまかせてくれ。もしお母さんが海兵行きに反対なら、内証で試験だけうけてごらん。合格したら、お母さんにこっちから話してあげてもいい」

村瀬は、自分がもし合格して江田島という隔離された小さな島に閉じこめられたら、あと母や妹はどんなおもいでくらすだろうか、とおもった。かれは父親のことは全然考えようとしなかった。父親にはひとかけらほどの愛情も感じてはいなかった。

村瀬は隅田川のひかる川面をじっとみつめていた。川の上に夕闇がやわらかくおりはじめていて、川面のひかりもしだいに、ほのぐらい夕暮のなかに吸収されていった。

「うけてみます」と村瀬は言った。

「うけてみるか？　そうしてみろよ。それが一ばんいい」

教師はちょっと悲しそうな顔をした。

村瀬はふと不安に似たものを感じて教師の顔に眼をやった。教師は眼をそらせた。

「村瀬」とかれは言った。「ぼくの言うことをすなおな気持できくんだぞ。いいな。お前はこの学校では手にあまる不良少年とされている。それはお前だって知ってるだろう。ぼくはどうしても、そんなお前をべつの人間にきたえなおしてやりたいんだ。よけいなお節介かもしれないけどな。それで海兵へお前をぶちこんでやるんだ。わかるな、ぼくの言うことがわかるな」

「なぜ、陸士じゃいけないんですか」村瀬は皮肉でなしに言った。

「海兵にはおれの弟がいるからだ。そいつもお前のように不良少年だったけど、いまじゃ何とかやっているらしいんだ。もっともいつも成績はビリだっていう話だけど。海兵と言っても広いからな、弟と顔をあわせる機会があるかどうかわからないけど、もしうまく合格できたら、弟にお前のことはよくたのんどいてやる」

「先生」と村瀬は暗く言った。「ぼく、やってみますよ。ぼくみたいなろくでなしは、どしどし軍隊へほうりこんで殺しちまったほうがいいんでしょうからね」

教師はだまって村瀬の顔をにらみつけるようにみつめていた。

「村瀬」とかれは低く言った。「どうせぼくだってもうじき兵隊にひっぱられていく。お前にだけ死ねと言ってるんじゃないぞ」

「先生、気をわるくしないで下さい。いまふとおもったんだけど、母はぼくがいるからこそ父親に対しても気がねしなくちゃならないんです。ぼくが江田島へ行っちまえば、母だってよけいなことに気をつかわなくてもすむはずなんです。ぼくがいないほうが、うまくいくんです、何もかも――」

そのとき村瀬の胸にこみあげてくるものがあって、かれはそのままたたみのうえに、前のめりに上体を倒していった。

「小暮さんが、その先生の弟さんなのね」と由美子さんが快活に言った。「それで村瀬さんは、先生、つまり小暮さんのお兄さんが言ったような具合に不良少年からきたえなおされちゃったの？」

「まだだめです」と小暮生徒が言った。「こんなあつかいにくいやつははじめてですよ」

私はそのとき小暮生徒の眼がうるんでいるのを見てしまった。

村瀬ははじめは小暮生徒にかなり根強い反感をもっていたらしかった。けれどもだんだん小暮生徒のもっているあらけずりな人間的魅力にひきこまれていくふうだった。小暮生徒にしても、どちらかといえば一号生徒のあいだでは敬遠され、うきあがってしまっていた。そんなかれはむしろ村瀬に強く自分をむすびつけていくことによって孤独に耐えようとしていたのかもしれなかった。

やがてその小暮生徒も私たちからはなれていく日がやってきた。卒業式が近づいたのである。

ある日、小暮生徒は、朝食前に私たち三号生徒を自習室前の廊下にならばせた。

「貴様らの靴下を調べる」とかれは言った。「兵学校生徒はいつも洗いたてのぱりっとした靴下をはいてなくちゃいかん。おれが前に立ったら片足をあげろ」

小暮生徒はひとりずつ片足をあげさせて、靴下のよごれを見て歩いた。私も村瀬も、まっくろによごれたのをはいていた。小暮生徒から、よろしい、と言われたものはわずかふたりしかいなかった。

「貴様らこれでも生徒か。たるんどるぞ」

かれは怒号した。

「連帯責任だ。全員、おれがそのくさった性根をたたきなおしてやる」

かれは私たち十五人の三号生徒を片っぱしから、なぐりつけていった。もちろん私も村瀬も例外ではなかった。かれはからだをおもいきりはずませ、とびあがるようにして右腕をたたきつけてくるのだった。

何か深いかなしみがいまかれをとらえていて、そのかなしみをふみこえるために全身で何かにぶつかっていく、そんなはげしさで、かれは歯をくいしばりながら私たちにいどんできたのだった。私の顔の左半分は熱っぽくしびれていた。小暮生徒のしめったこぶしのぬくもりがいつまでもそこに凝固したようにのこり、頬が燃えていた。

かれは自分のなかに根を張っているさびしさを、私たちに訴えるために、あんなことをしたのかもしれない、と私はおもった。私たちをなぐったときのかれの眼のいろはそんなにもかなしげであった。

その晩、巡検がすんでしばらくしたころ、ベッドのうえで眼をとじている私の頬に何かひんやりとふれるものがあった。白いものがぽとんと私の胸のあたりに落ちたのを私はみとめた。ふと顔をよじると、そこに小暮生徒の顔があった。小暮生徒は、にやっと笑った。そのまま何も言わずに自分のベッドのほうへ立ち去っていった。私はからだをおこして胸のうえに落ちたものを、つまみあげてみた。それはまっしろに洗いたてた靴下であった。となりのベッドをみると、やはり村瀬の胸もとにも同じように白い靴下が置かれてあった。村瀬はまだ小暮生徒がそっと自分の靴下を私たちのうえに置いていってくれたことを知らないようであった。私は村瀬をゆりおこして、そのことを知らせてやろうとおもった。そして私が村瀬のほうへからだをずらそうとしたとき、私は毛布の下の村瀬のからだがしずかに波打っているのに気がついた。よくみると村瀬の顔はすっぽり毛布のしたにかくされてしまっていた。

するとは私の内部にもまた泣きたい衝動がつきあげてくるのだった。

昭和十九年三月二十日、小暮生徒たち一号生徒は江田島を、去っていった。私たちが入校してから四カ月後だった。

天皇陛下の御名代として高松宮が御召艦にのって江田島湾のほうから表桟橋にはいってきた。兵学校は陸にめんしたほうの門はじつは裏門で、湾につきでた表桟橋のところが正門になっているのである。

卒業式は練兵場でおこなわれた。校長の訓示のあとで数名の優等生に恩賜の短剣が授与された。軍楽隊の演奏するヘンデルの「凱旋」がなりわたった。式がすむと、別室で首席の卒業生が宮さまに二時間ほどかかって御進講をした。それがすむと宮さまは御召艦にのって表桟橋からひきあげていった。

卒業生たちは食堂にはいっていった。ここで別れの盃をくみかわし、兵学校でのさいごの食事をとるのである。私たち在校生はこの日はとくべつに自習室で食事をした。

食事後、私たちは自習室前の石廊下に整列して、食堂からもどってくる卒業生をむかえる態勢をととのえた。

やがてさいごの食事を終えた卒業生たちはそれぞれの分隊の自習室に帰ってきた。

かれらのまあたらしい帽子には抱き茗荷に桜の徽章がかがやいていた。

小暮生徒は私と村瀬のところへやってくると、手をさしだして握手をもとめた。その手はちょうど私と村瀬との中間のあたりにさしだされたので、私たちは両側からかれの手をにぎりしめた。そんなしぐさに私はべつに照れたりなどはしなかった。あちこちでかなり劇的な場面がくりひろげられていて、みな何かに酔っているふうであった。

「おれもやっと卒業させてもらうことになったよ」と小暮生徒は言った。

小暮生徒のはく息は少し酒くさかった。兵学校のなかではじめて飲むことを許された酒が、じっさい以上にかれを酔わせているのかもしれなかった。

「村瀬、貴様は最後までおれを許そうとしなかったな」と小暮生徒は言った。「もうおれは何も言わん。貴様は貴様らしく生きて行け。おれは兄貴に貴様を叩きなおしてくれなんてたのまれたけど、おれにはできなかった。おれは貴様をずいぶんなぐったが、しまいにはおれの手のほうが悲鳴をあげちまった——」

村瀬は「すみません」と小さく言ったきりだった。小暮生徒は私のほうを見て、仲よくやれよ、と言った。するとどういうものか、私は鼻のおくにつうんとつきとおるようないたみをおぼえ、涙が眼のふちにしみでてきた。私は自分が泣くとはおもっていなかった。男同士が手をにぎったり肩をたたきあったりして泣くというのは何か信じがたい気がしていた。当人たちは無意識のうちにもどこかで演技をしていて、かれらが泣くのはその演技の力によってなのだ、私はばくぜんとそんなふうに感じていた。だからいま自分が泣いたということはひどく意外であった。私もどこかで演技を強いられているのだろうか、とおもったが、そうおもうあいだもなお涙はこみあげてくるのだった。

卒業生たちとの別れがすむと、位置につけの号令で、私たちは表桟橋から校庭のほうへ向って両側にずらりとならんだ。まもなく卒業生たちは私たちにはさまれたせまい道をとおって表桟橋からランチに乗りこむのである。やがて卒業生たちが四列にならんでやってくるのが見えた。

かれらは手に手に紫色の袋に包みこんだ軍刀をにぎっている。何かの流れがこちらに向ってぐんぐん寄せてくる、そんな感じで少尉候補生のむれが私のほうへ進んできた。

かれらは両側にいならぶ後輩たちの顔をひとつひとつたしかめるようにして進んで行く。私たちはかれらに向って挙手の礼をしつづけるのだ。両方の視線がぶつかると何かがはじけとぶような感動がぐっとくる。

私は小暮生徒だけを眼で求めていた。私は小暮生徒にとくべつな感情をもっているわけではなかった。私と小暮生徒とのつきあいは村瀬を通じて生れたようなもので、入校いらい四カ月のあいだ私は自分が小暮生徒と直接むすびついたと感じたことは一度もなかった。にもかかわらず、いま私は自分の対番だった一号生徒よりも小暮生徒のほうにはるかに親密なものを感じているし、私のほうが村瀬よりももっと深く小暮生徒を理解しているかもしれないとおもうのだった。

小暮生徒がついに私の前にあらわれたとき、私はからだをのりだすようにしてかれの眼を見た。かれはまぶしそうに眼をほそめ、微笑しながらうなずくようにあごをひいた。つぎの瞬間、小暮生徒のそんな表情は私の視界から切れていた。それはひどくあっけなかったが、一ばん清潔な別れ方なのだというふうに私にはおもわれた。

少尉候補生たちはランチに乗りこむと、湾内をぐるぐるまわりはじめた。私たちは岸壁にひしめき、並んだ。軍楽隊が軍艦マーチを演奏していた。

ランチは海面を泡立てながら、なめらかに湾内を回遊している。少尉候補生たちはランチの上から帽子を振っている。帽子が黒い花のようにしぼんだりひらいたりしながらはげしくゆれている。何隻ものランチは名残惜しそうに、ゆっくりまわっている。そのランチのためらいがちの船脚には、ある情感が、かきたてられる白波に映えながらしずかに息づいているかのようだ。

ふいに「軍艦マーチ」のメロディが消え、それに代って「螢の光」がふくれあがってきた。

「帽振れえ」

私たちは帽子を力一ぱい振った。それに呼応してランチの上の黒い帽子の花がさらにふくらみ、強く波立ちはじめた。

ランチは沖の練習艦隊のほうに船首を転じ、進みはじめた。私たちはますますはげしく帽子を振った。

「カッター、用意！」

岸壁にひしめいていた在校生のむれは、つきくずされたように散らばり、ダビットからカッターをものすごい速度でおろしはじめた。カッターが一せいに船腹をきらめかせながら水面におろされた。

私たちはカッターに分乗して、卒業生をのせたランチを全速力で追いはじめた。ふだんは平静そのもののような江田島湾が、カッターの櫂にひっかきまわされ、ふっとうする。私たちはぐんぐんカッターをこぐ。カッターがランチに追いつき、すれすれにならびながら沖の練習艦隊に向ってこぎすすむ。

私は、ふと、別れるのにも力が要る、とおもった。こんなにもエネルギイにみちた別れを私は知らない。ランチから少尉候補生たちが手袋を投げつける。

小暮生徒の投げてよこした白手袋が私の頬を打って波立つ海面に落ちた。別れの悲しみを潮風が吹きすぎて行く。私たちはカッターを力いっぱいこいだ。

ランチが巡洋艦に横づけされ、タラップを少尉候補生たちはつぎつぎにのぼっていった。やがて練習艦隊は錨をあげてしずかにすべりだしていった。――

その帰り、私は村瀬が黒い表紙のちいさな本をにぎりしめているのを見た。それは「葉隠」だった。

「小暮生徒が置いてったんだ。貴様たち、これを読めってな」

「貴様たちと言ったのか」と私はきいた。

「うん、おれと貴様のことだ」

私は私の頬を打って落ちた小暮生徒の白い手袋がみるみるうねりの底にのみこまれ沈んで行ったのをおもいうかべていた。

私たちは二号生徒にすすんだ。しかし私たちの下級生となるべき三号生徒がまだはいってこないので、実質的には三号生徒と同じことだった。分隊も編成替えになり、私と村瀬とはわかれわかれになってしまった。しかし私と村瀬とは毎週土曜日にある軍歌演習の前の二、三十分間のひまをみては、ときどき運用倉庫のかげでおちあったりしていた。そのころの私たちの関心事は夏休みであった。私たちはバス（浴場）情報などで、サイパンがあぶないということをきかされていた。

しかし私たちはサイパンがあぶないということを民族的な危機として感じていたわけではなかった。サイパンが落ちたら夏休みがなくなるという情報があって、そのためにサイパンが落ちてはこまるな、という感じ方をしていたのである。それは私ひとりの心の状態ではなくて、兵学校生徒のほとんどがサイパン戦をその程度のうけとり方でしかみていなかったのである。私たちは夏休みがすむまでとにかくサイパンがもってくれればいいとおもっていた。そしてじじつそのとおりになったのであった。

私は夏休みには村瀬と一しょに東京へ帰るつもりだった。ところが村瀬は家へは帰りたくないと言いだした。

「おれは自分自身を隔離するつもりでここへ来たんだからな」

かれはそう言った。

「じゃア、貴様は夏休み中、どこにいるつもりなんだ」

「田口教官のところにでも置いてもらうさ」村瀬は冗談ともほんきともつかぬ調子でそんなことを言った。

私はかれがそう言ったとき、とっさに由美子さんのことをおもいうかべた。小暮生徒につれられてはじめて田口教官の家を訪ねたとき、村瀬の身の上話にじっと聞きいっていた由美子さんの緊張した表情が私のうちによみがえってきた。

それで私は村瀬が「田口教官のところにでも置いてもらうさ」と言ったとき、おもわず、

「由美子さんがいるからな」と言ってしまった。

村瀬は瞬間、眉の根をびりっとふるわせた。

「そんなことじゃアない」とかれはとげとげしく言った。

「おれはあんなやせてぎすぎすした男の子みたいな女なんかきらいだ。いや、おれは女なんてみんなきらいなんだ」

私はもしかしたらこの男は自分を連れ子して再婚した母親にあるコンプレックスを抱いているのかもしれないとおもった。そして私は入校式のときの盛装した教官夫人たちを、わいせつだと言ったかれのはげしい口ぶりをおもいおこした。

「貴様はおふくろに会いたいとはおもわないんだな」と私は言った。

「ああ」と村瀬は言った。「会いたくなんかないよ」

「小暮生徒の兄さんにもか」

「ああ。もうだれにも会いたくなんかないよ」

私は村瀬の態度があまりにも絶望的だったので、ふとおもいついて、

「村瀬、よけいなことかもしれないけど、もしよかったら、おれの家へ来ないか。貴様が自分の家へ帰りたくないなら、それでもいい。とにかくおれの家へ来いよ」

と言った。

「貴様の家？」かれの表情が意外なほど明るくうごいた。

「どうだ、来ないか」

私はとっさのおもいつきが案外効果的だったのに気をよくして言った。

「行ってもいい」

村瀬は少しはずかしそうに言った。

私はうれしかった。村瀬がすなおに私の申し出をうけとめてくれたことによろこびをおぼえた。村瀬は口ではあんな強がりを言っているくせに内心では家へ帰りたいにちがいない、私はそうおもっていた。とにかく村瀬をいっしょに東京へつれ帰って、場合によったらおれがあい

つをあいつの家までひっぱっていってやってもいい、私はそんなことまで考えていたのだった。とにかく私の気持としては、村瀬をのこして私ひとりで東京へ帰ることはとてもできなかったのだ。

私と村瀬はこうしていっしょに帰京した。私はあるいは村瀬は東京へ着けば、私のところへなんか寄らずにまっすぐ自分の家へ帰るかもしれないとおもっていた。ところがかれは、「ほんとうにいっしょに行ってもいいのか」とためらいがちに言いながら私のあとについてくるのだった。私はそんなかれに微笑を禁じ得なかった。こんな少年が中学時代、手のつけられないほどの不良だったとはとても信じられない気がした。

私と村瀬は省線でO駅へ出た。私のみる東京の人間はほとんどいちように疲れてぎすぎすしているふうにおもわれた。どの顔にも暗いいらだちと疲労が色こくしみついていた。そんななかにあって私は内心いささか得意だった。自分はえらばれた人間であるという意識がだんだん私のなかで強まっていくのを、私はおさえることはできなかった。

私は娑婆にもどりたいという気持はほとんど失っていた。それはすでに二号生徒になっていたからかもしれない。

改札口を出たとき、ふいに、

「兄さん」と横あいからするどくよびかけられ、ふりむくと妹の光子が固い表情で立っていた。

私は笑いかけた。しかし光子の表情には私の笑いをおしのけようとするものがあった。

「どうした、へんな顔して」と私は言った。

それから私は村瀬を紹介した。光子はにこりともしなかった。

「どうしたんだ」と私は言った。

「兄さん、どんなことをきいても、おどろかないでね」

光子はそんなことをいきなり言いだした。

そして彼女はひと月ほど前、母が脳溢血で急死したことを告げた。それをきいたとき、私がどういう態度をとったか、私は全くおぼえていない。

私はふいに息がつまって、ひどい呼吸困難におちいったのをおぼえている。じっさいに呼吸困難におちいったのか、あるいはただ神経的にそういう息苦しさに似たものに見舞われたというだけのことだったのか、それはわからない。

私は子供のころよく深い井戸に落ちる夢を見たものだった。夢の中で自分のからだが、まるでエレベータアで下降するときのような強く下のほうへひきこまれる感じで、ぐんぐん落ちていく。自分のからだをささえるものがなんにもなくて、無限の暗がりのなかへひたすらに落ちていくときのひどくむなしい孤独な感じが、母の死をきいたとき私の全身をとらえてきた。

私は井戸へ落ちる夢からさめると、きまって母親をゆりおこしたものだった。

母親は笑いながら、

「また井戸に落ちたの？　かわいそうに」

と言い、私を抱きしめてくれた。

いまそうやって私を抱きしめてくれる人間はだれもいないのだった。私は母もまたいつかは死ぬにきまっているということは十分かくごしていたはずである。しかしその死がこういうかたちで、ひそかに私の行く手に待ちぶせしていて、とつぜんおどりでてこようとはおもいもしなかった。それにはっきり言って、私は母よりも自分のほうがさきに死ぬにちがいないと信じていたのであった。

父も妹も母の死を兵学校にいる私には知らせずに伏せておいたのだった。それを知ったときのショックが私をかきみだし、兵学校生活にわるい影響をもたらすことをおそれたからである。

私は一たん家に帰ると、

「いますぐお墓へ行く」

と駄々っ子のように言い、家をとびだした。

村瀬は事情を知って、どうにも恰好がつかないといった表情だった。しかし私はやはり村瀬を家へつれてきてよかったとおもった。私は村瀬にも、これからいっしょにお墓へ行ってくれ、と言い、妹の光子と三人で、歩いて三十分ほどのお寺まで出かけた。

墓地で私は若い女をつれた大学生に行き会った。私はそういう他人の青春に腹立たしさを感じ、おもわず、

「おい、大学生」

とすさんだ声でよびかけてしまった。相手は、はっとしたように私を見たが、その眼には私にたいするさげすみと恐怖とにくしみとのまざりあったつめたいひかりがにじんでいた。大学生は一瞬からだをかたくし、何か言いかけたが、ぷいと横を向くと、娘の肩を抱くようにして足早に歩きすぎようとした。

「待てえ」私は一号生徒のようにわめきたてた。大学生はふりむこうとはしなかった。あとを追いかけようとする私のからだを村瀬と光子がおさえつけた。

私はからだをぶるぶるふるわせ、大学生の背中をにらみつけていた。するとそのうしろすがたが急にかすんできて、私は眼のふちがあつくなるのをおぼえた。

村瀬は自分の家に帰って行った。私たちは江田島に戻る日、東京駅で落ちあい、同じ列車に乗った。私はひどく憂鬱だった。私たちはあまりしゃべらなかった。

列車のなかで私は村瀬に「どうだった。お母さん、なんて言った？」ときいてみた。

「うん」とかれは気のなさそうな声で答えた。「よろこんでくれた」

「お父さんは?」私は少ししつこいかな、とおもったが、つづいてそうきいてみた。

「よろこんでくれた」

「よかったな」

私は胸がつまった。村瀬は私に気がねしてわざとそっけなく答えている。

「やっぱりうちへ帰ってよかったろう。なぜうちへ帰らんなんてだだをこねたんだ」

私はひやかすように言った。

「おふくろはおれを見て泣いたよ」と村瀬は言った。「よろこんではくれたが、泣いた。きょううちを出るとき、また泣いた。おれにはそういうことがわかってたんだ。おれはそんなおふくろの泣き顔みるのがつらかったんだ」

私はだまっていた。

「おれはもうおふくろの顔をみることはあるまい。おれはもう最後のお別れのつもりで、おふくろに会ってきたんだ」村瀬は低い沈んだ声で言った。

私はだまっていた。


昭和二十年三月、私たちより一期上の連中が卒業し、私たちは一号生徒になった。そして分隊が編成替えになり、私と村瀬はふたたび同じ分隊にはいった。

母の死後、私はすっかり気力を失っていた。しかしひさしぶりに同じ分隊で机をならべることになった村瀬は見ちがえるほど生き生きしていた。私は村瀬のそんな変りように眼をみはった。私はもう自分はいつ死んでもかまわない、もう生きるのぞみを失ったという気になっていたが、いままで人生を放棄してしまっていたかのような村瀬のほうがこんどは反対に生きることに積極的な姿勢をとりはじめたのだった。そして私には何がかれをそんなにも変えてしまったのか、わからなかった。私はそれを知りたいとおもった。かつて村瀬の持っている重い暗い感じの奥にひそむものを知りたがったように、いま私は村瀬を生き生きとささえているものの正体をつかみたいとおもうのだった。

そしてその機会はある夜、やってきた。

その日は土曜日だった。私たちは棒倒しのあと、分隊有志だけでカッターをおろし、帆走巡航に出かけた。

カッターに帆を張って瀬戸内海を回遊するのである。江田島湾をぬけでて、宮島のあたりにまで船脚をのばし、ひと晩を海のうえですごして、翌日の日曜日の帰校点検までにまにあうように帰ってくればいいのだった。

兵学校の領海をぬけでるさかいめを私たちは赤道とよんでいた。その赤道をこえると、私たちは一号も二号もなく、同じただの青年同士にかえるのである。

夜の海には夜光虫がいっぱいうかんでいて、オールをあやつると、まるでオールのさきにひかりがすいついてくるような感じだった。波をきるオールが青白くひかるのだ。

海面がオールにかきみだされて波立つと、ゆすりたてられるようにして夜光虫があちこちでほたるのそれに似たひかりを放った。まるで海面いっぱいにひかりがとけてただよい流れているふうであった。

私たちは島かげにカッターをとめると、錨をおろし、帆をたたむ。持参の弁当で夕食をとり、星空を仰ぎながら、おしゃべりに時間をつぶす。

みんなの顔が蠟燭のひかりに照らされて、おもいがけない陰影がふだん見なれただれかれの表情を新鮮にくまどったりする。村瀬はひどく饒舌になっていて、三号生徒にアリヨールの怪談を話してきかせたりした。

兵学校には七不思議と称するものがあって、アリヨールにまつわる怪談もそのひとつであった。

兵学校の校庭にアリヨールというロシアの水雷艇が置いてあった。日本海海戦のときに、竹島の南方約八十浬のところで鹵獲したものだった。

このアリヨールのデッキにロシアの水兵の幽霊が出るといううわさがあった。ロシア人ではなくて兵学校生徒の幽霊が出るという説もあった。

ひとりの生徒が逃亡した。兵学校から脱出するためにはどうしても海を渡らなければならない。その意味では、泳いで海を渡りでもしないかぎり脱出は不可能である。

その逃亡した生徒は島を脱出した気配はみとめられなかったが、完全に姿をくらましてしまっていた。

そのうち、夜、水呑み場に幽霊があらわれるといううわさが立った。幽霊が水呑み場へ、真夜中、水をのみにあらわれるというのである。そしてひとりの生徒が、水呑み場にあらわれた幽霊を発見して、あとをつけていったら、アリヨールの艦内へ吸いこまれるように消えて行ったという。

その後、幽霊はあらわれなくなった。ある日、アリヨールのなかを見てまわったら、船室で逃亡した生徒の餓死死体が発見された。逃亡した生徒はアリヨールのなかに身をかくしていたのだった。かれは逃亡するときに、朝飯のパンをたくわえておき、それを持って逃げだし、餓えをしのいでいたのだが、のどのかわきにたえられなくなって、夜になると水呑み場まで忍び出てきた。それを幽霊と見まちがえた。そういう推理が成り立ち、この怪談は合理化されたが、生徒がかれを水呑み場で見たとき、死後経過時間から推定して、すでにかれは死んでいたのだという新しい判断がくわわり、やはり生徒が見たのはかれではなくて、かれの幽霊だったにちがいないという結論におちついたのであった。

村瀬の怪談がおわると、やがてひとり、ふたりと毛布をかぶって、艇内にごろっと横になり寝息を立てはじめた。

潮気をふくんだ風がその濃度をましてくるようで何となくあたりがしっとりとしめりけをふくみはじめた。そんなとき私たちはふいに非現実的な時間の領域にまよいこんだりしてしまうものなのだ。

私は口をひらいた。言葉が潮気を吸収して口のなかでべとべとねばつくようだった。「貴様はさいきん生き生きしてきたな。まぶしいくらいだ。いったい何がおこったんだい」

「そうみえるか」村瀬は声をしのばせて言った。「貴様が怒らないと約束するなら、言ってもいい」

「いやにもったいぶるじゃないか。おれは怒らないよ。だいいち、おれにはもう腹を立てるだけの気力もない」

舟べりをひたひたとたたくへんにねばっこい波の音が、よけい私の心をしめっぽくしていた。

「じゃア、言うけどな。去年の夏休み、貴様のおふくろが死んだことを知ってからなんだ」

「おれのおふくろが死んだから?」

「そうだ。貴様のおふくろが死んで、お墓まいりして、貴様が泣いたとき、ふいにおれは変ることができたんだ」

「何だって？　よくわからないな。よくわからないぞ。もういっぺん言ってくれ。おれは少し混乱してきた」

「いや、おれにもよくわからないんだ」村瀬は自分自身をなっとくさせるような調子で言った。「おれにもわからないんだけどな。貴様のおふくろが死んで、貴様が泣いたとき、どういうものか、おれは生きようとおもったんだ。生きようってな」

私はだまっていた。だまったまま、夜光虫のひかりのかたまりが波にゆさぶられて、少しずつほぐれて暗い水のなかにきらめきながらとけこんでいくのをみつめていた。

「わかるよ」と私はしばらくして言った。「わかるぜ。わかるような気がするぞ」

村瀬は言った。「おれ、貴様にたのみたいことがあるんだ」

村瀬の語調にはどことなくおもはゆげな感じがあった。私は村瀬のほうを見た。村瀬は津久茂山の暗い起伏に視線をあてているようだった。

「何だい」と私は言った。「言えよ。何でも」

「じつはね」村瀬は一語一語きりはなすようにして言った。「もしもおたがいにいきのびることができたらの話なんだが、ひとつ妹をもらってくれないだろうか」

「おどろいたな」私は少し息苦しくなって言った。「おとぎばなしみたいだな、何て言うのか……。貴様も苦労性だな」私は波立つ心をおさえながら、暗い海をみつめていた。

「いやか」と村瀬は言った。

「いやだと言ったらどうする」

私は村瀬の顔を見た。蠟燭のくらいひかりがかれの横顔をわずかにとらえた。

「やっぱりいやか」

かれの調子があまり深刻なので私は吹きだしてしまった。するとかれもつられてほおえんだ。

「おれたち、まだ子供じゃないか」と私は言った。

子供のまま死んでいく身じゃないか、と言おうとして私はせつなくなり、口をつぐんでしまった。


私たちはしだいに海から見すてられていった。海にのりだす機会はほとんど失われたといってよかった。くる日もくる日も防空壕ほりがつづいた。

分隊監事は以前よく、貴様たちの敵はいまアナポリスで、といったふうな言い方で、私たちを鼓舞しようとしていた。アメリカの海軍兵学校がアナポリスにあったからそう言ったわけなのだが、防空壕ほりがつづくと、私たちは自嘲的に、

「おれたちは穴掘りす（アナホリス）だ」

などと言いあった。

私たちはダイナマイトを使って発破作業をしたり、ドリルやツルハシでかたい地盤を掘りくずしたりした。落盤で死傷者さえも出たほどだった。

そうなると、いままでの日課はすべてくずれざるを得なくなってきた。よき時代の海兵魂といったふうなものもしだいに見失われていくようだった。そのころは地下兵学校をつくろうというのが合言葉になっていた。しかし私はといえば、かえってそういう状態に追いこまれることによって気持のうえでも落着きをとりもどしてきたようだった。

このころ、田口教官はよく、

「諸君がほんとうの意味で海兵生徒であるならば、じっとこのみじめさに耐えなければならない」

といったふうなことを私たちに言ってきかせた。私は田口教官は本質的に自由主義者だともっていたから、その田口教官がそんなことを言いだすのは、相当むりをしているにちがいないと考え、何となく重い気分になったりしたものだった。

私と村瀬は日曜日の外出にはよく田口教官の官舎をたずねた。私にはそこが唯一の逃避場所のようになっていた。私たちは半日、何もしないで、たたみに寝そべって古いシャンソンのレコードをきいたりした。由美子さんは「巴里祭」とか「巴里の屋根の下」など映画音楽がすきだった。

私はそれらの映画についてはきいていても、じっさいには見ていないので、べつになつかしいという気はしなかったが、じっと耳をすませていると平和な時代のあまくてやわらかな息吹きが、やはり妙にかなしげにこちらの胸にしみこんでくるのだった。それらの音楽をきいていると、あの墓地で行き会った大学生たちのうしろすがたがきまって私のなかによみがえって、ちくちく私を刺すのであった。そしてそれは母を失ったかなしみと微妙にからみあっていた。

兵学校は昭和二十年二月、最初の空襲をうけた。そのとき米軍の艦載機は呉市をも同時におそった。あれは、まっぴるまであった。

六月、呉市はふたたび艦載機におそわれ、海軍工廠は炎上した。このとき、ニミッツ提督のひきいる機動部隊はすでに土佐沖まできているとつたえられた。

七月一日、さらに呉市はB29による大がかりな空襲をうけた。私は教育参考館の防空壕に身をひそめていたが、その夜、呉市の上空がまっかに染まっているのが見られた。

このころになると、陸戦の演習も挺身斬込みだとか対戦車肉薄攻撃だとかばかりであった。挺身奇襲作戦の演習で、夜、山を越えて、鹿川《かのがわ》へ突入したことがあった。そのとき私は偵察斥候に出て、真夜中、とびかうほたるをつかまえ、ちり紙にくるんで、そのほたるのひかりで地図を見たりしたものだった。民家から灯がにじみ出ているのをみて、その灯の平和なあたたかさにふっと胸をつかれた記憶もある。

そしてやがて七月四日の午後、あの空襲をむかえることになった。私はこの日いらい、完全に村瀬を失ってしまった。

私たちはその日、空襲警報と同時に防空壕へ避難した。そのころ江田島湾にはかつての連合艦隊の旗艦だった大淀と利根という二隻の二等巡洋艦が碇泊していた。かつて一等巡洋艦の足柄がジョージ五世の戴冠式に列席したとき、その精悍な艦影に眼をみはった欧米の海軍武官たちは「飢えたる海の狼」と形容した。大淀や利根はこの足柄よりもさらにその精悍さにおいては上回っていた。そして足柄よりもさらに飢えていた。飢えたまま江田島湾でむなしく波に洗われていた。大淀は飛渡ノ瀬の沖に、利根は中村沖にそれぞれ船体を横たえていたのである。

私は通信係主任をたまたまやっていたので、それにかこつけて、防空壕からぬけだして敵機のおそってくるさまをながめていた。敵機は最初、対岸の能美島の山かげからふいに四機編隊でとびだしてきた。一番機はひじょうに低めにとんでくる。ところが二番、三番、四番機となるにつれて飛び方が浅くなる。私はなるほどアメリカでも一番機にのるやつはやっぱり勇敢なんだな、とおもっていた。

やがて上空は敵機でいっぱいになってしまった。艦載機とB29が交互にまいおりてきた。上空をゆっくり旋回していて、そのうち一機ずつまいおりてくるのだ。

エンジンをとめて、すべりこむように急降下してきて、いきなりヒューンと舞いあがって行く。私は利根がいま射つかいま射つかとおもってみていたが、利根の高角砲はなかなか火をふこうとはしなかった。おもいきり敵機をひきつけておいて、一気にあびせようというのだろうか。

そしてついに利根が全艦一せいに対空射撃の火ぶたをきったとき、ぶあつい巨大な水けむりがもうもうと立ちこめ、利根のすがたはその水けむりのむこうにのみこまれて見えなくなってしまった。敵機が一機、火をふき、くろいけむりを吐きながら撃墜された。

「やったな」と私はおもった。

利根については私には思い出があった。利根が中村沖にはいってきたとき、教材代りに艦内の装備その他をみせてもらおうということになって、なかを見学したことがあった。そのとき利根は偽装網をいたるところにかぶっていて、その網の目にはたんねんに木の枝や葉や草などがさしこんであった。

副直将校が出てきたが、そのころにはめずらしく第一種軍装をきちんとつけ、靴もピカピカにみがきあげていて、私はやはりちがう、りっぱなもんだな、というふうにおもった。その副直将校から高射装置や方位盤などについてくわしい行きとどいた説明をしてもらった。

そして私はふと甲板の上の担架に眼をやったとき、その担架のカンヴァスにべっとり血のりがしみついているのを見て、胸をつかれるおもいをしたのだった。

また、私たち一号生徒だけが帆走でひるま中村まで出かけたことがあった。私たちのカッターは中村の先端に突き出している鼻とその沖に碇泊している利根とのあいだを縫うようにして進んでいった。するとそのときとつぜん、B29が四十機ほど能美島の四郎五郎山の上を通ってすがたをみせた。その機体が日のひかりをあびてきらきら照りはえるさまは、ひどく美しく感動的ですらあった。

私たちはおもわずからだを伏せた。

「櫂用意!」と伍長がさけんだ。私たちは帆をおろし、マストを倒すと急いで十二本のオールをとった。そのまにもB29はかなりひくめの高度で頭上を圧するように近づいてくる。

「用意、前へ!」

私たちは一せいにこぎはじめた。オールの水面をたたく音が妙に拡大されて私の耳をうってくるようだった。私たちは力一ぱい島かげにむかってこいでいった。

編隊はほとんど真上に迫ってきていた。もし相手がその気になれば、私たちはひとたまりもなく爆砕されてしまうだろう。そのとき利根の二十サンチの主砲がぐぐっと首をもたげた。

私は息をのんだ。主砲が腹にこたえるような轟音を発して火をふきあげた。私は反射的に首をちぢめてしまった。利根のうちあげた砲弾は空中でさくれつして、その破片がカッターの周囲の海中へばらばらふりそそいできた。そのあおりでカッターがはげしくゆれた。B29は隊伍をくずした。翼をきらめかせながら微妙な線をひいてちりぢりに隊形をくずし、流れるように方向を転じて飛び去ってしまった。私たちは利根のそばまでこぎすすんで行き、手を振った。利根のデッキに乗組員たちがかけよってきた。かれらもはげしく手を振った。

その利根がいま敵機の爆撃のただなかにさらされているのだ。

やがて利根は後部横腹からけむりをはきはじめた。いつのまにか村瀬が私の横に立っていた。かれは「あのへんは魚雷置場のはずだ。第二空気（酸素のこと）に引火でもしたらあぶないな」と言った。

私は燃えている利根をみつめていることができなくなって、「村瀬、壕へはいろう」と言った。

村瀬はうごこうとしなかった。私は村瀬の腕をつかんだ。

「村瀬、あぶないぞ」

村瀬はしずかに私の腕をふりほどいた。かれはだまって燃えあがる利根をみつめていた。私はあきらめて、村瀬をのこして壕にはいった。そのとき、ふいに壕の入口でぶあつい土けむりが舞いあがった。ヒューンという音をきいたようにおもった。土けむりがもうもうと壕の内部にまで流れこんできた。

「ちくしょう、機銃掃射なんかしやがって」と壕のおくでだれかが言った。

私はそのときはじめて村瀬のことをおもいうかべた。私はいそいで壕を這いだしていった。土けむりが私をつつんできた。私はうすらいでいく土けむりのむこうにうち倒れているものを見た。私は立ちあがった。そのときまたしても敵機がのしかかるように迫ってきた。私はからだを地べたに叩きつけるようにして倒れ伏し、壕のほうへころがっていった。ダダダダと機銃弾が私の十米ほど右手をうちぬいていった。そこから土けむりがいちめんにまきおこった。

私は這いながら倒れている村瀬に近づいていった。

「村瀬」私はうつぶせになったまま呼んだ。けれどもかれはうごこうとはしなかった。

このときの空襲で利根も大淀も撃沈されたのだった。翌朝私たちは砲塔、司令塔と甲板をわずかに突きだしたまま船体を海中に沈めてしまった利根と、八十九度に横転して赤い船底をむきだしにした大淀とのむざんなすがたを見ることになった。

湾の海面はこのあと一週間くらい重油でぎらぎらしつづけていた。小暮生徒と同期の恩賜組のひとりが利根に乗っていて戦死したという話もきかされた。翌日、背中の焼けただれたグラマンの操縦士の死体が繋留池《ポンド》に流れついた。その死体は尻を海面につきだしてぷかぷか、いかにものんきそうにただよっていた。その死体に錨をつけて、兵学校の下士官たちが、沖で水葬に付した。

また生きのこった米軍操縦士が落下傘で中村へ降下したところをとりおさえられた。さっそく兵学校の英語の教官が出かけて行って訊問した。

「なぜ、兵学校をねらわなかったのかね」と教官が言うと、相手は「われわれが上陸したら使うためにのこしておくのだ」と答えたという。この捕虜がその後どうなったか、私は知らない。しかし私にはこれらのことはどうでもいいことなのだ。

私にとって真に悲しみの名にあたいするのはこの空襲で村瀬が機銃掃射をあびて死んでしまったということだけだった。

監事長点検のときに村瀬の学校葬はおこなわれた。半旗にかかげた軍艦旗がひるがえっていた。天幕が張ってあった。その天幕のなかに村瀬の母と妹がいた。しかし私はうしろのほうに立っていたので、それを見ることはできなかった。小銃が真夏のぎらぎらひかる青空にむけて弔砲をうちあげた。その銃声はかわいた空気をきりさいて、どこか軽佻な感じのするひびきを立てた。弔礼ラッパがなりわたった。ラッパのひびきは意外にかん高かった。私は、あいつはもういない、とおもった。あいつはもうどこにもいない。二度とあいつのからだにこの指さきをふれてあいつのなかに脈打つものをさぐることはできない。私は自分が何かに裏切られでもしたような腹立たしさをおぼえた。そして真夏の太陽はじりじり私の首すじを灼いた。私は式のおわったあと村瀬の母と妹を分隊監事といっしょに小用まで送って行った。

私はあの帆走の夜、村瀬が妙に分別くさい顔つきで、妹をもらってくれと言ったのをおもいだしていた。あのとき私は何となく照れくさく、そして村瀬があんまり深刻なのでからかってやりたい気持も手つだって、わざとはぐらかすように「いやだと言ったら？」などと言ってみたのだった。あるいはあのとき私はひどく意地わるい気持になっていたのかもしれない。

村瀬が、私の母の死を知ってふいに生きようとおもった、と言ったとき、村瀬のなかのそんなぎらぎらしたものにはげしい嫉妬をかきたてられたのであったかもしれない。

私はいまあのときのあんな私の態度に何とはなしに青春の残酷さといったふうな言葉をあてはめてみる。私は、青春とは残酷なものだ、そんなことをおもう。

私は白い布に包んだひつぎを抱えこんでいる村瀬の妹をひどく酷薄な気持でじっとみつめていた。自分の青春を甘やかしちゃいけない、私は村瀬の母と妹の前でひとつぶの涙さえみせなかった。あんなにすぐ泣きだすくせのついていた私にもう涙はやってこなかった。あの母と娘はきっと私をつめたい人間だとおもったかもしれない。そうだ、おれはほんとうにつめたい男なのかもしれない。私は村瀬が死んだとき、おれは生きよう、と明確なさめた意識でおもったのであった。

「兄は利根をじっとみつめていたんですのね」小用の桟橋で船を待ちながら村瀬の妹はそう言った。私はうなずいた。

「燃える軍艦て、そんなに美しいものなんでしょうか」彼女はつめたい声で言った。燃えあがる利根をうごこうともせず、じっとみつめていたあのときの村瀬のなかに生きていたものは何だったのだろうか。

「美しいものですよ」私はぼそりと言った。

「それは命にかえても惜しくないほど、美しいものなのでしょうか」

「さア、それは……」私は口ごもった。

「兄は死ぬために、燃える船をみつめていたのではないでしょうか」

「死ぬために？」

「ええ、死ぬために。自分を殺すために――」

私は彼女を見た。村瀬は、船を焼く炎の美しさに見入りながら自分をほろぼしていった、そうだろうか――。

彼女はひつぎを抱えて立ったまま、しずかにすすり泣きはじめた。

私はすべてのものを失ってしまっていた。私にのこされているものは、もうなにもなかった。

私にとって青春とは失うべきものをなにも持たない状態にほかならなかった。

そんなある日、私はあれを見た。

その日は朝から日がかんかん照りつけ、午後からはひどく暑くなりそうにおもわれた。講堂のわきで赤いカンナが燃えるような花びらを午前の光のなかにひろげていた。

朝の課業整列が八時にあった。そのあと私たちの分隊は普通学講堂で、数学の講義をうけたのだった。

ふいに窓のそとにものすごく明るいひかりがひらめいた。私は窓のそばにいたのだが、首すじにふと熱気のようなものを感じた。

生徒たちは反射的に窓のほうへかけよった。

「席へ戻れ」と教官がかたい表情で言った。

私たちは席へ戻った。するとほとんど同時にはげしい震動が地ひびきとともに私たちをとらえた。

「伏せ」と教官が言った。

私たちは机の下にもぐりこんだ。気がついてみると、机の上のネーム・ブロックが床にころがり落ちていた。やがて空襲警報のサイレンが鳴りひびいた。あたりがふいに何か巨大なものの影に包みこまれでもしたように暗くなった。私は机から這いだして、窓のそとを見た。空は重たくかげっていて、黒いけむりが厚ぼったく空いちめんに立ちのぼり、あらゆるひかりをその暗い厚みのなかに吸いとってしまっているかのようであった。

その黒いけむりがうすらぐと、そのむこうに青空がきらきらきらめきはじめ、そこに私はふしぎな光景を見た。そのみがきあげたような青空にふちどられながら大きなきのこのかたちをした雲がいつのまにかそこにうかびあがっていたのである。そのきのこ雲はまるで綿菓子のようにあまくやわらかそうであった。雲のすそのほうはピンク色にそまっていたが、それは地上でもえあがる炎がそこにそのように揺れうつっているからであろう。雲の上部は銀色にかがやいていた。まるでそれはこまかな雲母の破片をびっしりしきつめでもしたように精妙にかたい鉱物性のひかりを放射して青空に立ちのぼっているのだった。そしてそれはまるで深い地の底に根をおろして力一ぱい伸びあがった巨大なきのこのように、存在のたしかさを誇示して突きたち、いつまでもうごこうとしなかった。

翌日、物理の教官が全員、広島へ調査に出かけた。日赤病院の鉛で遮蔽しておいたレントゲン・フィルムがぜんぶ感光していたという事実が確認された。広島から帰ってきた調査団の一行は二、三日して全員が黄疸症状を呈した。私たちに白ふろしきと白手袋とそして白マスクが支給された。白いものは新型爆弾の破壊力をある程度はばみうるというのであった。

八月十五日午前七時半、私たちは食事ラッパと同時に大食堂にはいり、食卓の前に整列した。当直監事が壇上に立ち、そして言った。

「本日の一二〇〇《いちふたまるまる》（正午のこと）陛下のお言葉がある。全員バスにはいり、からだをきよめ、服装をととのえて自習室の前で待機せよ」

それからかれは「つけ！」と言った。私たちは食卓につき、瞑目した。当直監事は「かかれ」と言った。その日はいつもとちがってパンではなくごはんにみそ汁であった。

この日、とくに酒保月渡品係生徒から私たちに靴ずみが支給された。昭和二十年にはいってから靴ずみがあたえられたのはこのときだけであった。私たちはその靴ずみでたんねんに靴をみがいた。私たちはバスで水をあび、ストッパア（ふんどし）まであたらしいのととりかえ、夏の第二種軍装に着かえて、待機した。

放送がおわったあとしばらく私たちは呆然としていた。というのはスピーカアは雑音がひどくてほとんど何をしゃべっているのか、ききとれなかったからである。まもなく総員集合がかかり、私たちは千代田艦橋前の練兵場へあつまった。千代田艦橋の上にのぼった監事長は、「これで終戦になったわけだが、力をおとさずに、命にしたがって行動せよ。けっきょくこの戦争はわが国が科学において敗れたということなのだ」という意味の訓示をした。

それからかれはややはげしい口調で、ミッドウェイ海戦で負けたときY元帥は当然腹を切るべきだった、もし元帥が自決していたなら軍も国民も事の重大性をおもい知らされて考えなおし、こんなみじめな状態に追いこまれないうちに何とか事態を収拾できたかもしれない、なまなかの温情主義で個々の敗戦を糊塗してきたことはあやまりだった、と語った。そのあと私たちは自習室に戻り、ここでまた別命があるまで待機することになった。一号生徒のなかには、「おれたちはさいごまでたたかわなくちゃならん」「国破れて何の科学だ」などと興奮してさけぶ者もいた。

翌日、三保航空隊から「月光」がとんできて、兵学校の上空を旋回していたが、やがてビラをまくとそのまま雲のむこうにしみこむようにみえなくなってしまった。そのビラはきらきらひかりながら校庭にふりそそいだ。そこには「終戦は陛下の御意志ではない。君側の奸の策謀である。大日本帝国空軍に降伏はない」などと書いてあった。

そのあと監事長から総員集合がかかった。私たちが練兵場にあつまると、監事長は、

「ビラをひろったものは手をあげい」

と言った。ほとんどの生徒がさっと手をあげた。

「ビラの趣旨に賛同するものは手をあげい」と監事長は言った。するとやはり大半がいきおいよく手をあげた。

「いけない!」監事長はいくぶんヒステリックにみじかく言った。「血気にはやって軽挙妄動

してはいかん」

翌日、こんどは、湾内に五隻の「は号」潜水艦が、はいってきた。「は号」潜水艦は八幡大菩薩と大書したのぼりを立てていた。そののぼりが風にはげしくはためいていた。私たちは岸壁につめかけた。鯉のぼりを立てているのもあれば、Z旗や菊水の旗をかかげているのもあった。

乗組員たちは日の丸の鉢巻をしめて、艦上からはげしく私たちのほうに手を振った。

私はどちらかといえば、うつろな気持でそれをながめていた。私は「は号」潜水艦の乗組員たちのそんな行動に少しも共感をおぼえなかった。そんなかれらのエネルギイは私にはうとましかった。かれらと私とをつなぐものは何ひとつない、そんな気持で波の上をぐるぐるまわっている潜水艦を見ていた。私はたんに見ていたにすぎなかった。しかし私がある潜水艦のうえで日本刀をふりまわしているひとりの士官を眼にしたとき、事情は一変した。

日の丸ではちまきをし、まるでからだに強い発条を仕込まれでもしたように、しなやかにからだを伸縮させ、日本刀をぬきはなって、その刀身を夏のひかりにきらめかせているのはあの小暮生徒にほかならなかった。私はその男の肉体にひじょうに兇暴な動物的エネルギイの噴出を見ただけではすまされなくなっていた。私は岸壁にいならぶ生徒のなかから私の存在をきわだたせ、なんとかして小暮生徒に私を認めさせたいとおもった。私はいらだった。私はいい方法をみつけた。それは手旗信号を応用すればいいのだ。

私は手旗なしで両手をはげしく宙に交叉させた。私は空間にこう書いたつもりだった。

「コグレセイトデスカ」

私はそれをなんども狂ったようにくり返したが、相手はなかなか私に気づかなかった。ある瞬間、ふいに小暮生徒のからだが静止した。それはどことなく不気味だった。かれのからだは凝固したように動かなかった。私はゆっくり両手をうごかして、相手に読みやすいように、

「コグレセイトデスカ」と送った。

相手は大きくうなずき、日本刀をたかだかとさしあげた。私にはかれが自分のなかにふくれあがってくるものに表現をあたえるすべを見いだすことができなくていらだっているのが手にとるようにわかった。

私はつづけて、「ゲンキデスカ」と送った。

小暮生徒のからだがはげしく波打ちはじめた。そしてかれは日本刀を置くと、両手を節度をつけてふりまわした。

かれの肉体は「ムラセハドウシタ」ときいていた。

私はだまっていた。私はからだをうごかそうとはしなかった。私にはなんと答えるべきかわからなかったのだ。すると小暮生徒はなおも「ムラセハドウシタ」と問いつづけた。私はほと

んど泣きだしそうになるのをこらえながら、全身に力をこめて答えた。

「シンダ」

小暮生徒のからだはふたたび凝固した。私はもういちどこんどはさらにゆっくり送った。

「シンダ」

すると小暮生徒のからだは急にちぢんでしまった。それはかれがくずおれるように腰を落してしまったからだ。私もまた全身から力がぬけおちるのを感じて、立っていた。波がきらきらひかって私はなんだか眼をあけていられない気持になった。小暮生徒のからだがのびあがったが、それはずいぶんたよりなげにみえた。かれはよろめくように腰をかがめ、上げ蓋をあけると、そのなかへすこしずつからだをすべりこませて行き、やがてかれのからだはなにもみえなくなってしまった。

私は吐息をもらした。するとよけい胸苦しくなってきた。小暮生徒の潜水艦はそのまましずかに湾のそとへむかってすべりだしていった。

あとで私はその潜水艦が自爆したという噂をきいた。

生き残った私はそれから二、三日後、カッターに乗って表桟橋から江田島を離れていった。生き残った私たちのなかまはみんなこうしてそれぞれのくにへ散って行ったのだった。

私たちをのせたカッターを水雷艇が宇品までひっぱっていった。私はカッターにのりこんだとき、ふと眼をあげた。その眼に古鷹山があざやかに映った。山はうごかない、私はそんなことをおもった。カッターが海面をすべりはじめた。私は古鷹を背後に捨てていった。

捨てていった古鷹山にいま私は立っている。私はあのとき私たちのカッターが出ていった表桟橋のあたりをいま、東の峰から見おろしている。

そうだ、私はこの山を捨てたのだ、私はそうおもった。私は追いおとされるように山をかけおりた。もしかしたら私はころげおちるかもしれないとおもった。それでもいいとおもい、私は風のように走りおりた。

私は白い道に出た。私のからだは回想のために重くなっていたろうか。花崗岩質の白いこまかな砂粒が私の下できしんだ。私はからだをかたくして坂道がなだらかにおちこむ前方をみつめていた。そのとき私は私のいま見ているものが幻覚ではないと言いきれたろうか。私の眼が前方に見いだしたものは、買物かごをぶらさげて、ゆっくりうつむきかげんに坂をのぼってくるひとりの女性であった。そのような偶然を私は信じていいのだろうか。

私は息をのみ、からだをこわばらせて、歩みをとめた。私は坂をゆっくりのぼってくる女性を、そんな姿勢でじっと待っていた。

そのひとは昔のままにやせていた。そのひとの髪はお下げ髪ではなかったが、長めの髪が肉のうすい肩さきにゆさゆさゆれていた。そのひとが近づいたとき、ふいに私はよびかけた。

「由美子さん」

彼女ははじかれたように顔をあげた。やせた顔に眼がふつりあいに大きくみひらかれていた。

「まあ」彼女は胸の底から言葉を吐きだすとでもいうふうな調子で言った。

「こんなところでおめにかかれるなんて――」と私は言った。

それきり私は何も言えなくなってしまった。私は彼女がいまでも江田島に住んでいようとはおもってもいなかった。

「お寄りになりません？　すぐそこですの。せまいとこですけど。父もよろこびますわ、きっと」

彼女の眼に微笑がゆれていた。買物かごのなかで、とまとやきゅうりがひかっていた。

「いまでも私、父とふたりきりなんです」

「じゃア、まだ？」と私は言った。

「ええ、う、れ、の、こ、り」

彼女は一語一語きりはなすように言った。しかしその語調にはかげというものが全くなかった。私たちは肩をならべて彼女の家のほうへ、坂をのぼりはじめた。

「村瀬も死んだ」と私は言った。「小暮生徒も死んだ」

「あなたは生きてる」彼女はおどけた調子で言い、ふくみ笑いをした。

「あなたも、ね」と私は言った。

私たちは少し疲れたように笑った。

「いま古鷹へのぼってきました。山で村瀬や小暮生徒に会って来たんです」

「会って？」

「ええ、かれらはあそこにいまでも生きてますよ」

彼女の白いのどのあたりが汗ばんでひかっていた。

「私も山へ行こうかしら」彼女は言った。「村瀬さんに会いに――」

彼女は言ってしまってから、はにかんだように笑った。村瀬は彼女の瞼のなかにいまでも生きている、私は、そうおもった。そして私は自分の顔がゆがむのを感じた。私は笑おうとした。そして私は笑った。けれどもそれは他人には泣いているとしか見えないはずであった。


〔1957年10月「別冊文藝春秋」初出〕

しかばね衛兵

納豆が口のなかいっぱいにひろがって、口をひらこうとしてもねばねばして、おもうようにひらかない。沢は口のなかの納豆を噛み、あわててのみこもうとするのだが、かえって納豆はふくれあがり、沢の咀嚼をおしかえし、いわば堅固な量感をもって口のなかいっぱいをみたしてしまう。

おまけにからだじゅうがねとねとするようで、納豆の奇妙な粘着力のとりこになって、手も足もほとんど完全に自由をうばわれてしまっている。声をだそうとすると、言葉にぷつぷつ穴があき、そこから風がはいりこんできて言葉をさらっていってしまう。

「どうしたんだ」と父親が声をかけた。

沢はからだを固くして父親をじっとみつめていた。父親は陰気な微笑をうかべながら沢のほうに身をよせてきた。沢は身をよじろうとしたが、納豆の糸でがんじがらめにされたようで、それに皮膚のうえいちめんに納豆のねばりがべっとり吸いついて毛穴をふさいでいるためにそこから自分の内側のものを発散することができなくて、呼吸がだんだんつまってくる。

「おい、どうしたんだ」父親は沢のゆがんだ顔をにらみつけるように顔をよせ、骨ばった手を沢の肩にかけ、しずかに沢のからだをゆすりはじめた。

するとどういうものか沢の眼に涙がじわじわしみでてきて、沢の心の動きとはかかわりなく眼のふちにあふれてくるのだった。肩にかけられた父親の両手にしだいに力がこもり、それはほとんど沢のやせた肩をおしつぶすかとおもわれるほどの強さで沢をぐらぐらゆすぶっていく。沢は自分のからだが父親の力のしたでぐんぐんなえしぼんでいくのを感じた。

からだがますますはげしくゆれはじめ、沢はおもわずさけび声を発した。

「おい、起きろよ」

ひとつの顔が沢のうえにのしかかるように迫っていた。沢はまだはっきりめざめてはいなかった。ふいにひかりが沢をとらえ、沢は視覚をうってきたものをはらいのけようとするかのように、顔のうえで両手をはげしく振った。

沢のうえの顔が低く笑った。

「よく眠ってたな」と男は言った。「交代だぞ」

沢は眼をしょぼしょぼさせながら、ベッドから身を起した。

「早くしろよ」と男は言い、懐中電燈のひかりで室ぜんたいをなめまわすように照らしていった。室にはいくつものベッドがならび、枕もとには帯剣がひとつずつずらっとぶらさがっていて、剣鞘が沈んだひかりをうかべていた。

男は沢が起きたのを確認すると、ベッドのうえをひとつひとつ照らしていき、一番すみのベッドに横たわっていた男の顔にいきなり懐中電燈のひかりをあびせた。寝ていた男の顔にあぶらがしみでていて、その顔がゆがむと、懐中電燈の男は「吉田、起きろ、交代だぞ」とするどく言った。

沢はまだ自分のからだが納豆のねばりけのなかに包みこまれているような重い感じのまま、帯剣を腰に吊り、廊下へ出た。

銃架にならぶ小銃が廊下の天井にともっている電燈のにぶいひかりの下で銃身をくろぐろと浮きださせているのを見たとき、沢は死体のことをおもった。かれは自分の小銃を手にとりながら、死体と小銃とはどう違うのかというふうなことをとりとめもなく考えてみたりした。吉田二等兵が懐中電燈の男と一しょに寝室から廊下のほうへ出てきた。

「さあ、行こう」懐中電燈の男は懐中電燈のひかりを消すと、そう沢によびかけ、三人は並んで暗い廊下を歩きはじめた。

沢の口のなかはまだねばねばしていて、口もとに手をやると、指さきによだれのかすかなしめりけが吸いついてきた。

「死体というのは気持のわるいもんだな」と懐中電燈の男——この男は後藤という沢や吉田と同じ二等兵だった——は歩きながら言った。「おれは死んだ人間とこんなにも、まぢかにむかいあって立ったことはない」

「臭いかね」と沢は言った。

「死体が臭いか、と言うんだね」と後藤は言ったが、その声はへんに疲れているようだった。

「ドブのような匂いがするんだ」

「それはあの沼の匂いじゃないのかね」吉田があくびをかみ殺しながら言った。「死体の匂いとドブの匂いとは全くべつのものだとおれはおもうんだがね」

「匂いが気になるかね」と後藤は死体について語るのはもうあきあきしたとでもいうふうに言った。

「ああ」と沢は言った。「眼をつぶってれば、死体は見なくてもすむ。しかし匂いはどうにもならないからな」

「鼻をつまんでればいいよ」と吉田が言った。

「眼をつぶって鼻をつまみながら死体の番兵がつとまるつもりなのか」後藤は少し怒ったように言ったが、沢には何が後藤を刺戟したのかわからない気がした。「眼をつぶっても、鼻をつまんでも、どうにもならないものがあるんだぞ」

「それは何だ」と沢は言った。

「行けばわかるよ」後藤はそっけなく言った。

そこで廊下は切れていた。三人は中庭をよこぎってとなりの棟の兵舎のほうへ向った。兵舎の黒くひかる屋根のむこうに紫禁山のなだらかな稜線が鈍色にけむったようにうかびあがっていた。

三人の兵隊は月明りを真上からうけて影を乾いた大地に這わせながら中庭をゆっくり歩いていった。そのとき沢は自分の影が大地にくっきり映っているのは生きている証拠だなとおもった。死体は自分の影を地べたに投げおとすことも、また投げおとした影を見ることもできない、というふうに考えたのだった。

死体は小さな四角い室のなかに置かれていた。その室の入口にひとりの不寝番が退屈そうに立っていた。三人がやってくるのをみると、その不寝番はちょっと気どったふうに身じまいをなおした。

「さあ、交代だ」後藤はうきたつように言った。それからこの上番と下番の二組の不寝番はおたがいに敬礼しあい、後藤が「異常なし」と言った。

それがすむと、四人のあいだにふいにうちとけた気配があふれはじめた。

「暑くてかなわないぜ」と後藤の相棒が言った。かれの顔は汗でぎらぎらしていた。

「なるほど、ドブ臭いな」と吉田が言った。

後藤と相棒は、やれやれといった表情で内務班へ引きあげて行った。

「あと一時間、おれたちは死体と同居ってわけだな」と沢は重い声で言った。

室は物置小屋か何かだったらしく、窓はひとつもなく熱気が行き場もなくこもっていて、それが死体の腐敗を早めているといった感じで厚ぼったく沢のからだをおしつつんでくるのだった。

死体安置室の天井は低くあたまのうえにのしかかってきているふうで、そのまんなかあたりから暗い裸電球がぶらさがっている。その裸電球の弱い光度の下でひとつの死体が小銃手入れ台のうえに、仰向けに寝かされているのだった。死体を支えている小銃手入れ台はスピンドル油を吸いこんで黒ずみ、てらてらひかっていた。死体は担架ごとその台のうえにのせられていた。かれは黒っぽい毛足のながい毛布におおわれ、その顔を白い手拭いで隠していた。

沢は死体に近づいていった。毛布のあちこちに血がにじみ、黒いしみをつくっていて、そのまわりを蝿がむらがりとんでいた。

死体はひどくふとっていた。生きていたとき、かれはもっとやせていたはずだった。死体になったかれは、二倍ぐらいにもふくれあがってしまったのだ。

あいつは水を飲んだからな、水を腹一ぱい飲んで、そのためにあいつの細胞はすっかり水ぶくれになっちまったんだ。

ふくれあがった死体は場合によっては、ひどく倨傲なものにみえた。いまなおかれはこの世において自分の占めるべき位置や役割やそしてその存在の重さをかたくなに主張しようとしているかのようであった。

手ぬぐいでおおわれた死体の顔は高くもりあがってみえた。こんな肉体がもし生きていたら、ひどく堂々としていてりっぱにみえるに違いないな、と沢はおもった。するとそれが死体であることがひどく残念なことにおもわれてくるのだった。

死体はどんなにりっぱでもどんなに威厳をとりつくろってみせても、生きた人間を打ち倒すことはできないだろう。沢は帯剣をぬいて手ぬぐいのはしをぐいと持ちあげ、手ぬぐいのしたにぶあつくもりあがっているものを、のぞきこもうとした。すると剣尖にふわっとひっかかった手ぬぐいの下から、ふいに黒い蠅がとびあがったので、沢はあわてて剣をひいてしまった。

沢は剣を鞘におさめたが、自分がいましかけた行為は何かへの冒瀆につながっていたかもしれないというおもいに急にとらえられた。手ぬぐいのはしがひょいとめくれあがったとき、沢は眼も口も鼻もないのっぺらぼうのぶよぶよした白いかたまりが、電燈の黄っぽいひかりをはじいてわずかにふるえているのをまちがいなく見たのだった。

沢は全身につめたい汗がふきだすのを感じていた。あのぶよぶよした白いかたまりと蠅とのあいだで何が語られていたのだろうか。死んだものだけが蠅とのあいだにひそかに持つことのできる隠密な生ぐさい関係について、おもいをめぐらしたとき、沢の鼻孔をドブの匂いがしめっぽくふさいできた。

吉田は室の前の廊下に立っていた。かれはまるでもうずっと前からそこにそうして立ちつくしているかのように立ちすくんだまま動こうとはしなかった。沢は死体から離れて、吉田のほうへ近づいていった。

「お前は死体を見たくはないのかね」と沢は声をかけた。

吉田のからだがびくんと動いた。

「きこえるか」と吉田は押し殺したような声で言った。「あの音……」

「何の音だい」

沢は吉田の顔をのぞきこむようにした。そのとき沢はしめりけをふくんだある断続音が耳のなかにはいりこんでくるのを知った。

その音はかなり正確に間を置いて、沢の聴覚を刺戟してきた。それはあきらかにしずくが床のうえに落ちる音であった。

「あれだな。さっき後藤のやつが言ったのは。あいつは眼をつぶっても、鼻をつまんでも、どうにもならないものがあるんだぞ、なんて言いやがった。あいつはそのときあの音のことを言ってたんだ」と沢は言った。

「そうだ」と吉田は陰気に言った。

沢のなかにやりきれないような重く暗い感情のうねりが断続するしずくと同じリズムにとけこみながらゆるやかに波打ちはじめた。

「あれは」と吉田が言った。「濡れた死体からしたたり落ちる水の音なんだ」

もし死体があの水の音を聞いていたとしたら、どんなぐあいだろうな、そう沢はおもった。いや、あいつはあの音をああやってからだをふくらましながらいやに意地わるい気持で辛抱強く聞いているのかもしれない。死体というのはそういうものなんだ。あいつらは何だって知ってるんだ。あいつらは、けっして自分が死体だなんておもってやしないんだからな。じっさい、あいつらはいつだってそうなんだ。あいつらはもう眉ひとつ動かすのもめんどうくさいといったようなあんばいで、ああやってじっとしずかにからだを横にしているくせに、生きのこったやつらに対する関心だけはおどろくほど強くて、どんらんにおれたちの世界をみつめている。あいつらにみつめられているとおもうだけで、もう生きている連中は存在の主導権をあいつらに送り渡してしまわなければならないような重たい気分におちこんでしまうんだ。

あいつらがおれたちから自由をもぎとることができるのは、たんにあいつらが死体だという理由によってなのだ。あいつらはただあいつらがすでに死んでしまっているというそのことだけで、おれたちを支配しているのだ。そのくせあいつらは自分が死体だなんてこれっぽっちもおもったことがありはしないんだからな。

死んだ人間が水をたらふくのんでからだをおれたちの倍以上ふくらましたところでおれたちを打ち倒すことはできない。どんなにあいつらがボリウムや力の感じにみちていたとしても、あいつらは手や足を動かしたり、からだをもちあげて、こっちに近づいたり、このおれをつきとばしたり蹴上げたりすることはできない。

しかもあいつらは、おれたち生きのこった人間に対して指一本ふれることができないというまさにそのことによって、ほとんど完璧におれたちに優越しているんだ。

「あの音……」と吉田が声をひきつらせて言った。「沢よオ、お前はあの沼の色をおもいださないのか」

沢はだまっていた。

「あの黒ずんだ青みをいっぱいにたたえたどろんとした沼の色を、お前はもう忘れちまったのか」と吉田は言ったが、その声はどこかぎしぎしきしんでいるふうだった。「お前はそんなにもかんたんにあの沼の色を忘れることができるのかね」

沢はだまっていた。だまったまま吉田の顔が信じられないくらい緩慢にゆがんでいくのを、見まもっていた。

とつぜん吉田の手にしていた小銃が支えを失って硬直したままゆっくり横倒しになり、にぶいひびきを立てて床のうえに叩きつけられた。それでも沢はだまっていた。小銃をはなした吉田の手はすでに吉田の顔をふかぶかとおおっていて、吉田は銃が倒れたのよりもはるかにおそい速度でからだをちぢこめていき、やがて床のうえにぺったりすわりこんでしまった。それでも沢はだまっていた。

まもなく沢は両手の底にふかぶかとうずまった吉田の小さな顔から動物的な声がしずかに流れだしてくるのを聞いた。沢はそのときふいにそんな吉田の姿勢に女性を感じてろうばいした。吉田は女のようにぺたんと妙にだらしなく横ずわりに床のうえにすわりこんでしまい、顔をおったまますすり泣きはじめるのだった。

「どうしたんだね、吉田」と沢はしずかに言った。

それから沢は倒れた小銃をひろいあげ、壁に立てかけた。

「泣くのはやめろよ、なあ、吉田」

沢はセンチメンタルにそう言い、吉田の肩をそっと撫でさすった。吉田の肩は意外なほどやわらかく、軍服のしたでしなやかにはずみながら沢のてのひらを、その肉のぬくもりが包みこんでくるかのようだった。

沢は右手に自分の小銃を持ち、左手で吉田の肩を抱くようにして、しゃがみ、腰に力をこめて、くずれた相手のからだを引きおこそうとした。

「はなしてくれ」と吉田がしっかりした声で言った。「はなしてくれったら」

沢はおどろいてからだを吉田からひきはなした。

吉田はもう泣いてはいなくて、

「あのときあいつもそうやっておれにかじりついてきたんだ」と言った。

「あのときっていつだい。あいつとはいったいだれのことなんだい」と沢は言った。

吉田はばらばらになったからだの各部分をもういちど自分の中心に向って呼びあつめ、組み立てなおすとでもいったふうな努力をこめてのろのろ、立ちあがった。

「あいつって、あいつさ」

吉田は室のなかでスピンドル油のしみこんだ机の上にあおむけになり濡れたからだからくさい水のしずくをたらしつづけているもののほうを指さした。

「あいつがお前にかじりついたんだって？」

と沢は言った。

「そうだ」と吉田は力をいれて言った。「きのう、あの沼のなかでな」

「どんなふうにだい」沢は眼をほそめて言った。

「お前は、あいつがどんなふうにおれにかじりついてきたのか話せって言ってるんだな」

「そうだよ」

「もういちどお前はおれにあの沼の匂いのなかで、あいつがどんなふうにおれにつかみかかってきたのか、思いださせようっていうんだな」

「そうだよ」と沢は言った。「そうすりゃ、お前はもう二度と銃をほうりだして泣きくずれたりなんかしなくてもすむようになるかもしれないぜ」


きのうかれらは脱走兵をもとめて兵舎を出発した。脱走兵は台湾人だった。小隊長に脱走兵をどうしてもつかまえなければならぬという強い気持があったかどうかは疑問である。なぜなら小隊長もまた台湾人だったからだ。かれは黄とでもいう姓をもっていたに違いないのだが、隊では黄田見習士官というふうによばれていた。

沢は黄田が台湾人だということにべつにこだわる心は少しもなかった。だいいち黄田見習士官は少しも台湾人くさくなかった。だれかがかれのことを台湾人だなどと言いさえしなければ、だれもかれのことを台湾人だとはおもいもしなかったことだろう。けれどもじっさいにはだれもがかれが台湾人であることを知っていた。それはつまりだれかがかれのことを台湾人だと言ったから、それが知れわたったわけなのだが、それではだれがそんなことを言いふらしたかというと、じつはかれ自身がかれの口から言いだしたのだった。

「おれは台湾人だ」

黄田見習士官ははじめて小隊にあらわれたとき、兵隊たちをあつめてそう言ったのである。

しかしその口調はおれは東京生れなんだというのと少しもかわらぬものだった。だからはじめ沢にはなぜかれがそんなことを言いだしたのか、わからなかった。そして黄田見習士官がつぎのように言ったとき、いっさいはあきらかになった。

「おれは台湾人なんだ」とかれは言った。「しかしいまでは台湾人と日本人は全く同じ民族なんだ。天皇陛下の赤子なんだ。（天皇陛下と言うとき、かれは『気をつけ』と号令した）台湾人の部下になるのがいやだとおもうやつは、さっさと出て行け。いまから十《とお》かぞえるまに出て行け」かれはほんきになって、イチ、ニ、とかぞえあげていった。もちろんだれひとり列外へ出るものなどはいなかった。

かぞえおわるとかれはかなしげにほおえんだ。

「いいか」とかれは言った。「ビシビシやるからな。台湾人の見習士官がどんなものか、じっくりみせてやるからな」

沢は黄田はたぶん孤独なのだとおもわないわけにはいかなかった。そんなことを言う男は孤独な人間にきまっている。そういう言葉を口にすることによってかれは自分をおれたちとはっきり区別してみせ、そしてますます自分をひとりぼっちの人間にじりじり追いつめていくんだからな。

沢はもしかしたら黄田はああいう方法で自分をむりやりいじめつけているのかもしれないと

おもうのだった。それとも何かにむかって仕返しをしようとしているのだろうか。沢は何となく黄田を追いつめているものがわかるような気がしていた。沢は黄田のかなしげな微笑が意味するものを理解できるとおもった。あの微笑には見おぼえがある、そうおもうのだった。

あの微笑は沢の父親が使っていた中国人やポルトガル人やユーゴスラビア人などの使用人の表情のうえにいつもゆらめいていたものと同じ硬さを感じさせる。ああいう硬い微笑はあれらの人々にだけ共通のものなのではないか。ではあれらの人々とは何なのか。

沢の父親は上海のフランス租界であれらの人々を使ってかなり手広く商売をしていた。

納豆菌を日本からとりよせて、納豆を大量生産して軍におさめる、沢の父親はそういう才覚にめぐまれていた。中国には納豆はなかった。東北出身の兵隊たちのあいだに納豆を渇望する声が強いというようなことを耳にすると、すぐ納豆生産にのりだし、それが成功して商売の規模も急速にふくれあがっていった。

父親は使用人に対して必ずしも苛酷ではなかったが、息子である沢には使用人と対等の口をきくべきではないというふうなしつけ方をしてきた。

沢をみる使用人の顔にはいつも硬い微笑がぎこちなくゆれていた。そして沢はその硬い微笑に慣れることができなかった。

沢は台湾人の兵隊が脱走したとき黄田見習士官がどういう反応を示すか、意地わるい眼でみつめている自分に気がつき、そんな自分に嫌悪をおぼえたものだった。

沢には黄田見習士官が台湾人の兵に対しては日本人の兵に対するよりもはるかに寛大であるような気がしていたのである。しかしそれをべつに不公平ともおもわなかったし、またそのことによって黄田見習士官に特殊な感情を抱くというようなこともなかった。

沢はやや漠然とではあるが、黄田見習士官はたぶんほんきで脱走した台湾人をさがしはしないだろうと感じていた。沢たちも脱走兵をさがしだすことにはとくべつの情熱を感じたりはしなかった。みちみち畑からスイカをもぎとって床尾板で割って食べながら行軍をつづけるというような状態だった。沢はきょうの黄田見習士官はそんな行為を大目にみるだろうとおもっていた。

沢は黄田見習士官に対して、おれたちは逃げた台湾人の兵も、またその兵の直属上官である台湾人のお前も、許してやるさ、だからお前は少くともきょう一日くらいはおれたちのすべての行為に寛容であるべきなのだ、と腹の中で語りかけていたのである。

だから、黄田見習士官がスイカをかじっているひとりの兵隊を発見して列外へひっぱりだし、なぐり倒したとき、沢は黄田見習士官に裏切られたというふうな感じ方をしたのだった。

「あいつは、やつあたりしてやがるんだ」と沢のとなりの男が言った。「台湾人の兵が逃げたということがあいつにどんなに強いショックをあたえたか、お前に、見当がつくかい」

「おれにはわからないな」と沢は砂埃と熱気に閉口しながら言った。

「あれであいつの権威もがた落ちさ。このつぎはあいつが脱走する番だな。あいつはいまに新四軍にでももぐりこむよりしようがなくなるよ。あいつはきっと逃げた台湾人をつかまえるぜ。つかまえて、おれたちの前で射ち殺すだろうな。そうでもしなけりゃ、あいつの立場はないんだからな。それにあいつは何よりも同じ血をうけている台湾人に裏切られたことが一ばんこたえているだろうからな」

「そうかなあ」と沢は言った。

それまで沢はどちらかといえば、黄田見習士官は台湾人を逃がしてやるだろうというふうに考えていたのでこの仲間の言葉はかえってひどく新鮮に沢の耳朶を打った。

「そうかなあ」と沢はもういちど暗い心でくりかえした。


捜索は夕刻、打ちきられた。脱走兵はおそらく新四軍側ににげこんだのだろう。黄田見習士官は陽やけした顔をふきげんにこわばらせていた。帰途、かれは兵営までかけ足を命じた。そして途中、ひとつの事件がもちあがったのである。

かけ足で進む部隊の先頭はやがて沼に直面した。沼は濃緑色に沈み、沼のほとりには一本の楊柳がぽつんと立っていた。

先頭は沼を避けて沼のへりを迂回して進もうとした。すると黄田見習士官は後方の馬上から、

「沼を渡れ、まっすぐ行け」

とどなった。

迂回しかけた先頭の男はわざわざあともどりして、元気よく沼の中へ突きすすんだ。数名がつづいて、しぶきをあげて身を水の上へおどらせたのだが、このときだれも沼がそのようにしてかれらを抱きとろうとは、おもいもしなかったのである。

先頭の男のからだはずぶずぶ沼地にはまりこみ、みるまにかれの全身は暗いよどみの底へのみこまれてしまった。

夕暮がようやく沼のおもてにしっとりとたれこめはじめ、ある静寂が沼地を閉ざしかけたとき、ひとつの混乱がこうして周囲の平静をするどくかきみだしたのだった。

あとにつづく兵たちはあやうく沼のなかへなだれこもうとする手前で、ふみとどまり、部隊は沼べりでせきとめられたために、カアキ色の流れはそこでぶざまに厚ぼったくふくれあがってしまった。

「何をしてるか」

黄田見習士官はわめきたてながら馬をとばしてきたが、この直前、一たんうかびあがった先頭の兵のからだは、瞬間、なめらかに沼の水のなかにとけこむようにかくれてしまい、それき

り仲間の前にあらわれてこなかった。男は声もたてなかったし、もがこうともしなかった。その無抵抗ぶりはあたかもこの男と沼との一瞬の和解が、きわめて好ましいかたちで成立したことを示しているかのようであった。

「あいつはあのとき、おれにしがみついてきたんだ」と吉田は言った。「おれは泳げたからな。おれはあいつの手をふりほどくようにして岸へ這いあがったんだ」

「あいつはもがかなかったし、声もあげなかったというふうにおれは聞いたけどな」と沢は言った。

「そんなことはないよ。おれはあいつの手をもぎはなしたんだからな」

「だれだって、もぎはなすさ。ただお前が、あいつのそばにいたために、お前があいつの手をもぎはなしただけのことさ。おれだって、やっぱりお前と同じようにあいつを突きはなしたに違いないんだ。要するにお前は泳げて、あいつは泳げなかったというだけのことなんだ。泳げるやつが生きのこって、泳げないやつが死ぬのさ」

「お前はどっちなんだ。お前は泳げるのかい。泳げて生きのこる組なのか」と吉田は言った。

「おれか」と沢は言った。「おれは――、そうだ、おれは泳げないんだ。おれは泳げない」

沢は苦しげに顔をゆがめ、のどもとへ手をあてた。

「そうか」と吉田は言った。「もし、お前が先頭に立っていたらお前もあいつのようにああやって毛布にくるまって沼の水をぼたぼたたらしながら、からだを二倍にもふくらましてこの暑苦しい室に横になっていなきゃならなかったんだな。お前もまたあいつのように、おれにうしろからかじりついてきて、おれに突きとばされて、ぶくぶくあの暗い沼の底へ沈んで行かなきゃならなかったんだな」

「ああああ」

沢は奇妙な声とともにうずくまってしまった。

「やめてくれ」と沢は言った。「なあ、吉田、あいつを殺したのは一体だれなんだ」

「おれだ」と吉田はのどのおくをひきつらせるようにして言った。

「お前じゃないさ。少くともお前ひとりの力じゃないな」と沢は言った。

「おれだよ」吉田はぽつんと言った。「お前はあの台湾人の見習士官だって言いたいんだろう」

「そうだよ」沢は立ちあがり、壁にもたれて苦しげに言った。「黄田見習士官がいけないんだ。あの男のあのなんともいえない硬い微笑のせいなんだ」

「硬い微笑?」吉田はけげんそうに言った。

「そうだ。おれにはわかるんだ。沼の中へおれたちを突っ込ませたとき、あの男の内側を何がゆすぶっていたか、それがおれにはわかるような気がするんだ」

「わかるもんか」と吉田は言った。「台湾人が何を考えてるか、おれたちにはわかるもんか。だいいち、わかるなんていったら、台湾人のほうで怒るよ。わかる？　日本人に台湾人の心がわかるだって？　そう言ってな、そう言ってかれらは眼玉をむくにきまってるよ」

「吉田、それじゃア聞くけど、もしかれが台湾人でなくて、日本人だったら、あのとき沼の中へおれたちを追いこむようなことをしただろうか」

「したかもしれない」と吉田は言った。「あるいはしなかったかもしれない。そんなことわかりやしないさ。沢、お前は、黄田見習士官が台湾人だったからあのときあんなむちゃな命令をだしたって言いたいのかね」

「そうなんだ。何だかそんな気がするんだけどな」

「じゃア、それはなんのためなんだ。台湾人なら、なんだってあんな命令をださなくちゃならなかったんだい。おれたちをいじめるためか。それとも権威をとりもどすためだとでもいうつもりなのかね」

「わからない」と沢は力なく言った。「そう言われると、おれにもわからなくなる。だけどやっぱり問題はあの男が台湾人だったということにあるような気がするんだよ」

「そんなことはどうだっていいさ」と吉田は言った。「やつが台湾人だろうとなんだろうと、な。だが、死んだあいつがおれにからみついてきたときのあの感じだけは、これはおれがこれから死ぬまで、おれひとりで持ちつづけなくちゃならないものなんだぜ。あの指の力、あのからだの重み、あの妙なねばりけ、あれはおれひとりのものなんだからな」

吉田は低くすすり泣きはじめた。

「吉田よオ、泣くんじゃねえ」と沢は言った。

「だいたい脱走兵がいけないんだ。逃げだしたりしやがるからさ」

「おまけにそいつが台湾人だ、そう言いたいんだろう」と吉田は涙声で言った。

「そうだ」と沢は暗く言った。「逃げたのが台湾人でなかったら、あいつは死ななくてもすんだかもしれないんだ」

「その台湾人をそこまで追いつめたのは、だれのせいなんだ」

「おれたちさ」と沢は言った。「おれたちだよ」

「じゃア、あいつを沼の中で殺したのも、やっぱりおれたちじゃないか」

沢はだまっていた。

それから言った。「あいつはだれを恨んでるだろう。あの死んだ男は」

「おれをだよ」と吉田は言った。「あいつのからだをふりきったこのおれをだよ」

「そんなことはないさ」と沢は力づけるように言った。

「あいつはもがこうともしなければ、声をあげようともしなかったっていうじゃないか。あいつはもしかしたら自分の意志で自分の力であの沼の中へのめりこんでいったんだ。それより、あしたは南京のまちが見られるぜ。火葬場へ行くときな」

「火葬場か」と吉田は言った。「お前は人間がどんなふうにして焼けていくか見たことがあるか。死体ってやつはな、火にあぶられると、ジュウジュウいいながら、踊りだすんだぜ。ぽおん、ぽおんってな、手や足をふりまわしながらはねあがるんだ」

「あいつもあしたからだを焼かれながらおどりだすんだな」

「そうさ。水死人は焼けにくいんだ。水をたっぷり含んでいるからな」

「あいつも焼けにくいってわけだな。時間をかけてゆっくり焼かなくちゃいけないってわけだな。ゆっくり……」

沢にはひとりの台湾人が脱走して、ひとりの日本人が水死したということが、ひどくふしぎなことのようにおもわれた。

このふたつの事件のあいだには何かしら深い断層のようなものが横たわっている、そしてこの断層をうずめつくしたとき、はじめてふたつの事件は緊密につなぎあわされ、その意味をあきらかに示しはじめる、そんなことをぼんやり考えていた。

「あいつは泳げなかったんだ」と吉田が、せつなそうに言った。

〔1958年1月「別冊文藝春秋」初出〕

奴隷たち

幕舎は二重の鉄条網に周囲をとりかこまれていた。二重の鉄条網を張りめぐらしたなかに数十個の天幕が分散して組まれてあった。一個の天幕に数十人の男たちが押しこめられていた。はじめその区域には天幕も鉄条網も何もなかった。そこへはこばれてきた男たちの手で、まずはじめに鉄条網が張りめぐらされた。

その作業を男たちは黙々として、むしろよろこびさえ感じて、なしとげた。次いで男たちは天幕を張った。そしてその天幕のなかに自分たちの衰弱した体を押しこめた。かれらはかれら自身をそのなかに封じこめるために、みずからの手で鉄条網をめぐらしたのだった。

もちろんそれはかれらの意志に発したことではなかった。それをかれらに命じたのは、戦争によってかれらを打ち負かした異人種の大男たちであった。

やがて捕虜たちは執拗に脱出の機会をねらいはじめた。

もうしばらくしたら、たぶんかれらは、さらに奥地の収容所へ移されるであろうという状況判断がかれらをいらだたせた。

ひとつの脱出計画が西岡を中心に組みあげられていった。西岡はある天幕の小隊長だった。西岡の日本軍における最後の階級は陸軍曹長であった。

脱出計画に参加したのは西岡をふくめて五人である。

その日、西岡たちは山を越えて、ポゼット湾に出て、そこで船の積荷作業をさせられた。山を越えるとき、引率のソ連軍の下士官は、時間とエネルギイを節約するために、捕虜たちにとって未知の道をえらんだ。この近道が、脱出にひとつの暗示をあたえることになった。

その日、ポゼット湾は深い霧でおおわれていた。息を吸うと、霧のしめったこまかな粒子がたちまち肺をみたし、かれらの呼吸をいくぶん重たくした。捕虜たちは四角い重い木の箱をいくつもかついで、黒い貨物船にはこびこんだ。ポゼット湾の鈍色の海は、貨物船の黒い影をたえまなく波のうえに揺らめかせていた。

四角い木の箱は捕虜たちのやせた肩に、固い木肌を容赦なくこすりつけてきた。それはぎり捕虜たちの肉に食いこみ、そうすることによって捕虜たちに新たな屈辱感をうえつけた。

かれらは霧の厚みのなかをかいくぐりながら、渡し板をぎしぎしきしませて、木の箱を船にはこびこんだ。黒い貨物船は大きなマストに、べとべと霧をまといつかせたまま、じっとしていた。太陽はどこにも見あたらなかった。空はほのぐらくて、ひかりはぶあつい雲の層のなかにすっかり吸いこまれてしまっていた。

その晩、脱出は実行に移された。山のなかの近道を教えられ、そして海を見たことが、かれらを鼓舞したのであった。

西岡は、しかし脱出の意志を放棄していた。それはかれが悪性の下痢になやまされていたことや、ポゼットから脱出して満洲に渡ることはとても不可能だと以前から考えていたことや、それからもうひとつ別の、しかもかれ自身の生き方に最も本質的な影響をあたえたとおもわれる、ある事件やによってであった。

じっさいには、西岡は、逃げなければならぬ理由を持っていなかった。そのかれが、脱出計画に参加したのは、小隊長であるかれの同意が得られなかったら、脱出はこんりんざい成功するわけがなかったからである。

西岡が協力しなかったら、ソ連軍の監視兵による発見以前の段階で、たぶん計画は挫折したはずである。そしてそれを西岡自身が、だれよりもよく知っていた。西岡は自分が逃げるためではなく、四人の部下を逃がしてやるために、脱出計画に参加したのであった。

幕舎から内側の鉄条網までは五十米ほどあった。その鉄条網の手前に便所があった。便所といっても、屋根もかこいもあるわけではなく、ただ溝が二列に並んで掘ってあるだけなのだ。

内側の鉄条網と外側の鉄条網との間隔は、ほぼ十米である。外側の鉄条網の向うに望楼が建っている。望楼は数カ所、鉄条網の外側に円形に配置されている。夜が草原を重たく閉ざすと、電燈をもたない幕舎の内部は、まっくらになってしまう。

午前零時、最初のひとりが天幕をぬけだした。かれはまず便所へ行く。西岡は天幕のあいだから、第一の男の動きをじっとうかがっている。第一の男はいきなり腹這いになると、隠していた棒切れを、すばやく一ばん地面に近く張られている鉄線の下にあてがい、ぐいと地面に垂直に突き立てた。鉄線は、棒切れに支えられて、持ちあげられた。

その棒切れがつくった地面と鉄線との間隙に、からだをすべりこませて、第一の男は鉄条網を、ぶじにくぐり抜けた。

まだだれも、げんにおこりつつあることに感づいてはいなかった。西岡たち五人を除いては。西岡は第一の男がからだをかがめたまま、右手を大きく振るのをみとめた。西岡は天幕のなかで待機していた第二の男に、出ろ、と合図をした。第二の男は西岡の顔を、闇のなかですかすように見上げた。西岡は微笑した。けれどもその微笑はかなり固い感じのものになっていた。第二の男は泣きそうな顔をした。それから、気をとりなおして、腹のまわりをかるくたたいてみせた。そこにはいくらかの黒パンの屑と塩と砂糖が巻きつけてあるはずだった。

第二の男は多少よろめくような足どりで、歩きはじめた。その男のやせた肩先が弱い月のひかりを、たよりなげにうけとめて、揺れているのを西岡はじっと見まもっていた。

ところで第一の男は、さらに外側の鉄条網にも同じように棒切れをかって、そこを抜けだし、すばやく望楼のやぐらの脚もとに身をひそませた。やぐらの四本の脚のあいだにからだをもぐりこませたのである。

第二の男も、全く同じように鉄条網をくぐりぬけた。

第三の男も成功した。そして第四の男が天幕を出た。この男は仲間のうちでも一ばん若かった。それに美青年だった。かれは天幕を出るときに、骨っぽい白い手を西岡のほうにさしだした。西岡はその手を自分の両手でやわらかく包みこんだ。その手はおどろくほどつめたかった。やがてその手はしぜんに西岡の掌のあいだからすべり落ちていった。

かれはかなりしっかりした足どりで、きれいに掃ききよめられた収容所のやわらかな土をふみしめて、鉄条網のほうへ歩いていった。

とうとうおれはひとりになった、と西岡はおもった。暗い天幕のなかは、脱出をまだ全く知らずにいる他の捕虜たちの寝息と体臭でみちていた。

西岡は妙に心がひえていくのを、もてあましながら、瞳をこらして鉄条網のほうをみつめていた。

第四の男は便所の前でぴたっとからだを伏せた。それは獲物をねらう猟犬の闘志にあふれたしなやかな身のこなしを、おもいおこさせた。それからかれはじりじり這っていった。とうとうおれはひとりぼっちだ、と西岡はまた、おもった。

さきの三人はやぐらの脚の下にかたまりあって、最後の仲間がとびこんでくるのを、しずかに待ちかまえていた。夜は少しずつ厚みをましていった。

第四の男は内側の鉄条網の真下まで、にじり寄っていった。かれは注意ぶかく、棒切れによって押しあげられている鉄線の下にからだをひきずっていった。半分ほどくぐりぬけたところでかれは棒切れを、鉄線からとりはずしにかかった。

棒切れをそのままにしておくことは、監視兵の発見を早めるおそれがあったからである。第四の男はからだをきゅうくつそうによじりながら、棒切れを倒そうとした。かれが右手に力をこめたとき、棒切れが鉄線とこすれあう、乾いた音が意外な高さでひびいた。望楼のうえの監視兵が何かさけびながら、からだをかがめて、下をのぞきこんだ。監視兵はさらにするどくさけび声をあげ、二、三発、威嚇射撃を夜空にむかって、発射した。発射音が、夜気をきりさいて、重なりあいながら、ひびきわたった。

やぐらの下の三人は、一せいにとびだした。かれらの眼の前には暗い草原がひろがっていた。三人は走った。三人は黒い風のように走り、かれらの姿はたちまち草むらに、のみこまれてしまった。

第四の男は立ちあがった。監視兵は第四の男にむかって、手まねで、幕舎へ戻れ、と命じた。

第四の男は、ふらふら、ふたしかな足どりで幕舎のほうへ戻ってきた。

照明弾がいくつもうちあげられた。それは花火のように夜空にひかりの幕をひろげ、草原を白っぽく照らしだした。

ソ連兵の黒い影がいくつも草原を走りまわっていた。第四の男は天幕へ戻ると、力つきたように倒れこんでしまった。かれの掌には鉄線でひっかいたらしい血がいくすじもにじんでいた。

ソ連軍の将校がやってきて、天幕のそとへ出てはいけない、各天幕ごとに人員の異常の有無をしらべ、報告するように、と告げた。

機関銃の音がひとしきりひびきわたった。

西岡は、異常なし、と報告した。ソ連の将校は、それ以上、調べようとはしなかった。そのときはそれですんでしまった。

西岡は暗がりのなかで、第四の男を抱きかかえるようにしていた。第四の男は、死んだように、うごかなかった。闇のなかでその顔は妙に白っぽく浮きあがってみえた。

捕虜たちは西岡と第四の男のそばにあつまってきていた。

「みんなだまっていてくれ。おれがぜんぶ責任を負う。いいか、だれも知らなかったんだぞ」

と西岡は言った。

第四の男はそのうちに、がたがたふるえはじめた。

「心配するな」と西岡は言った。「お前には関係のないことなんだ、そう信じこめ。お前はたまたま、便所に立った。ふと見ると、鉄条網に棒切れが食いこませてあった。お前は不審におもって、その棒切れを引っ張った。それだけのことなんだ。もし何かがおこっていたとしても、それはお前には全く関係のないことなんだ」

第四の男はうつろな眼を下からじっと西岡に向けていた。

その眼には見おぼえがある、と西岡はおもった。その眼はひどく無感動に、黒いほら穴のようにぽっかり口をあけて、西岡のほうにそそがれていた。

そうだ、この眼は、あのときのあの中国人将校の眼にそっくりじゃないか、そうおもったとき、西岡は、身ぶるいした。

その中国人将校に西岡が会ったのは天津でだった。昭和十二年の夏だった。

そのころ、西岡は砲兵伍長で、天津の砲兵廠に勤務していた。結婚して十五日目に、かれは召集令状をうけとったのである。

天津に送りこまれるとすぐ西岡はこんな場面を見た。鉄橋に中国人の捕虜たちが両手をうしろ手にくくられた姿勢で一列に並ばされていた。橋の下に日本兵が並んでいた。日本兵は立ち撃ちの姿勢で、小銃をかまえていた。

それはひどく晴れた日だった。夏、天津の太陽は燃えあがる。太陽は鉄橋を灼き、河原を灼き、日本兵の小銃を灼き、そして鉄橋に並ぶ捕虜たちの汗に濡れた首すじを焦がした。捕虜たちのうしろには、日本兵がひとりずつつきそって並んでいた。

西岡はそんな光景を河原で、小銃をかまえる日本兵のうしろのほうから見ていた。西岡には捕虜の表情は見わけられなかった。かれらは背後に太陽を負っていた。それでかれらは黒いシルエットを橋のうえにうきあがらせた。それらは生きもののようではなく、なにか鉱物質のものの持つ固さで、鉄橋のうえにくろぐろと静止していた。

日本兵がなぜ太陽に向って銃をかまえなければならないのか、西岡には、わからなかった。だれかが、みじかく何かをさけんだ。同時に一ばん右端にいる捕虜のからだが、うしろにつきそっていた日本兵に強く突きとばされて、ななめに姿勢をくずしながら橋から落ちてきた。

何か黒いかたまりが、無造作にゆっくり落ちてくる、というふうに、西岡には見えた。日本兵の小銃がほとんど一せいに火を吹いた。落下するものは瞬間、するどくそりかえった。それから急に速度をましたかのように、白くひかる流れのうえに落ちこんだ。しぶきがきらめきながら強くはねあがった。

つづいてそのとなりの捕虜がほぼ同様の経過をたどって落ち、撃たれ、そしておそらく死んだ。つぎつぎに日本兵の小銃弾は落下する捕虜たちを、太陽にあぶられてふくれあがった空間に、不安定な姿勢のまま確実にとらえていった。

落下するかれらは人間らしさを失い、ただ銃弾をうけとめた瞬間だけ、生きていることの微妙な反応を示すのだった。

西岡は息を殺して黒いシルエットが太陽のかがやきのなかで、落下し、反転し、失われるさまを見まもりつづけた。

そしてそれから、ひと月たらずののち、西岡はその中国人将校と出会ったのである。

最初かれはひとりの苦力として、西岡の前にあらわれた。その苦力は日本軍の貨車に兵器が積みこまれ、運搬されていく状況を克明にメモしていた。そのメモを腹巻と一しょに巻きつけていた。

捕えられたかれは将校であるということだけを自白したにすぎなかった。その将校の背中に西岡は小銃弾をうちこんだのだった。

それは西岡にとって、はじめての経験だった。槓桿をひいて実弾を装塡するとき、指先が自分のものでないように、こわばった。

西岡には自分の顔があおざめていることがはっきりわかっていた。中国人将校は、まもなく自分の死体が落ちこむはずの穴を、自分の手で円匙を力強くあつかいながら掘っていった。

かれは目隠しをこばんだ。かれはうしろ手に両手をしばられ、両足をわずかにひらいて、西岡に背中をむけて立った。西岡から中国人将校までの距離は五十米近くもはなれていた。

かれは小銃をかまえたとき、なぜこの男のむこうに太陽がかがやいていないのか、とおもった。この男のむこうに太陽が燃えていて、この男のからだの線を、きらきらふちどり、そしてこの男の存在を黒い影でみたしていてくれたなら、おれはもっと平静な心でこの男の背中に弾丸をぶちこめるだろうに、そう西岡はおもった。

太陽を背負いながら落下する捕虜とちがって、いま西岡の前方に幅のひろいがっしりした背中を見せて立っている男は、あまりにも人間臭かった。

おれはいま人間をうち殺そうとしている、そうおもったとき西岡は深い目まいをおぼえた。その目まいのなかでかれは引き金をひいた。

けむりのむこうで男は依然、微動もせずに立っていた。かすかな笑い声が西岡の周囲でおこった。それはふだん西岡が射撃の要領を教えている兵隊たちだった。西岡は狼狽した。そのとき、それまで西岡に背中をむけていた中国人将校が、首だけうしろにねじむけた。かれは白い歯をみせて笑った。それから舌を出した。

つぎの瞬間、男はもう首を正面に向けていた。それはほんの一瞬間のことだった。その一瞬間、白い歯、声のない笑い、赤い舌が、ひらめいて、消えた。

西岡は、はっきり自分の意志で、この男を殺そう、とおもった。西岡はつかつかと男の背後に歩み寄った。五米ほどの距離をおいて、銃をかまえた。引き金をひいた。

男のからだがはげしく揺れて、それは急に厚みを失い、ぬぎすてられた着物がくずれるときのように、ほとんど量感を感じさせないまま倒れた。

西岡はしばらくぼんやりその場に立ちつくしていた。人を殺すということはこんなにもあっけないものなのか、とおもったとき、西岡は悲しみで胸が一ぱいになってしまった。

兵隊たちがかけよって、男のからだをひきずるようにして穴のなかへ蹴落した。

「まだ生きてます」と兵隊のひとりがさけんだとき、西岡はおもわず穴のほうへかけよっていた。

そのとき西岡は、その眼を見たのだった。男は穴のなかにからだをきゅうくつそうにへしまげて、顔をじっと上に向けていた。その眼は大きく見ひらかれていた。あきらかにそれは西岡の眼を見上げていた。

その眼は暗く、無感動に、そして無表情に見ひらかれていた。しかしそのために、その眼のなかには人間のあらゆる感情が極度に凝縮されたかたちで、生きているようでもあった。

その眼はけっして西岡を責めてはいなかった。西岡を糾弾してはいなかった。もしかしたらその眼は西岡を許していたのかもしれなかった。西岡はその眼のなかに、自分を支えているもののすべてが吸いこまれていくのを感じた。その眼は暗く、やさしかった。その眼は何かを西岡に訴えたがっているふうでもあった。西岡はその眼にたいして自分が何かを答えなければならないことを感じていた。けれども答えるべき言葉を西岡は、みつけだすことができずにいた。もどかしさが、西岡のからだ一ぱいにふくれあがった。それはひどくせつないことだった。

そのとき、

「こんどは拳銃の練習といくか」

横合いから若い見習士官が言った。

見習士官は相手が息をひきとらないうちにやっつけなければならない、とでもいうふうなあわただしさで、いきなりつづけざまに三発、穴の中の男の腹に拳銃をうちこんだ。

西岡は第四の男の眼のなかに、その中国人将校の眼を見たとおもったとき、自分は脱出のすべての罪を背負って死のう、という考えにつきうごかされたのだった。

朝になって、ソ連軍は本格的に人員点呼をとりはじめた。かれらは捕虜たちを天幕のそとに整列させ、五人ずつわけてつぎつぎに、人数をかぞえていった。五人ずつたばにしてかぞえたのは、かれらが掛け算になれていなかったからである。

三人の日本人捕虜が脱出した事実はどう隠しようもなかった。

「三人足りない」とソ連軍のひげもじゃの下士官が言った。

それを白系露人のひどくもりあがった乳房をもった若い女が流暢な日本語にほんやくして聞かせた。

「これはどうしたっていうの」通訳の女は乳房を波打たせて言った。

ひげもじゃの下士官は、ふといふしくれだった指を、西岡に突きたてて何か言った。その手の甲にはやわらかな金色の毛がひかっていた。

「あなたは、ゆうべ、異常なし、と言ったのね」と女は言った。「あなたはほんとうに知らなかったのですか」

西岡はそれには答えずにゆっくり言った。「とにかくこれはすべて私の責任だと考える。脱走した三人の代りに私を罰してほしい」

通訳の女は首をふりたてるようにして笑った。笑うとそばかすだらけの肉の張ったうす桃色の頰に、えくぼができた。彼女は下士官のほうに顔をむけて、かん高く何か言った。下士官は少し意地のわるそうな眼つきで、西岡を見た。

「あとで将校詰所へ来て下さい」と女は言った。「あなたは当然、軍法会議よ」

西岡はだまってうなずいた。かれらは掃ききよめられたやわらかな土のうえを、気まぐれな散歩をでもたのしむような、かろやかな足どりで去っていった。

捕虜たちは天幕のなかへはいっていった。西岡は毛布のうえに身を投げた。かれはひとりでいたかった。

あの三人はいまどのへんを逃げているのだろうか。するとすぐそばで、すすり泣きの声がきこえた。第四の男がうずくまって泣いているのだった。

そのすすり泣きは、西岡の心をひきさいた。

「おい、泣くな」とかれは第四の男の肩をそっとゆすった。


しばらくすると、白系露人の女が一人の将校と一しょに、ふたたび幕舎にやってきた。そして西岡と第四の男に、外へ出るように、と言った。

「さあ、こちらへいらっしゃい」と女は言い、先に立って歩きはじめた。

将校は鉄条網の扉をおしあけた。その扉は重いひびきを立ててひらかれ、西岡たちの背後でふたたび重く閉ざされた。

行く手に煉瓦造りの頑丈な将校詰所の建物があった。将校はそこへ西岡と第四の男をつれてはいっていった。

ふたりは将校詰所のなかの法廷につれられて行った。ふたりは被告席にすわらされた。ふたりの横には大きなからだをした兵士がそれぞれ立ちはだかっていた。

壇上にはずらりと将校たちが並んで、そこからふたりを、だまって見おろしていた。その壇と被告席とのあいだに、被告席よりも高くそして将校たちの席よりも低く、ひとつの座席が設けられていて、そこに通訳の女が位置を占めた。

壇の中央に坐っている一ばん年長者らしい将校が最初に口を切った。それを女が日本語におきかえた。

「ゆうべ三人の捕虜が脱出した。ニシオカ、あなたはそれを知らなかったのですか」と女は天幕できいたことをもういちど繰返した。

「知っていました」西岡は胸を張って答えた。

「そうですか。ではどうしてあなたはゆうべ異常なし、と報告したのですか」と女は言った。

西岡はしばらく考えてから言った。

「かれらを逃がしてやりたかったからです」

女はロシア語で将校たちに何か言った。将校たちはほんの少しざわめいた。

「あなたはなかなかりっぱな小隊長です」と女は口もとをゆがめながら言った。

それから彼女は第四の男を指さした。「このひともまた逃げようとしたのですね」

第四の男は首をたれていた。

「ちがいます」と西岡は言った。「この男はただ便所に行って、鉄条網のところに突き立ててあった棒切れに気がつき、それに手をふれたというだけのことです」

「わかりました」と女は言った。「そのひとに逃亡の意志があったかどうかは、どちらでもよろしいことにしておきましょうね。いずれにせよ、そのひとが、私たちに脱出を知らせてくれたわけですからね」

第四の男は首をたれたままじっとしていた。

「ニシオカ、あなたは、逃亡を知っていたと言いましたね」と女は言った。「それなら、おききしますが、かれらは、いったいどっちのほうへ逃げたのですか」

「知りません」と西岡は言った。それからこうつけたした。「いや、申しあげられません、と言ったほうが正確でしょうね」

「わかりました」と女は言った。「では、逃亡の計画はいつごろから立てられたのですか」

「私は答えたくありません」と西岡は言った。

女は肩をすくめ、たばこに火をつけた。

「では、おききしますが、あなたは、逃亡が成功するとおもいますか」

西岡はだまっていた。

「答えたくありません、というわけですね」と女は言った。

それから女と壇上の将校たちとのあいだにしばらくやりとりがあった。

「あなたが部下をかばおうとしているのはよくわかるわ」と女は西岡のほうをむいて言った。

女はがっしりした大きな掌でけむりをおさえこむようにして、たばこを吸っていた。けむりが彼女の大きな手の指のあいだをすりぬけて、もつれるように立ちのぼり、消えていった。西岡はけむりの行方を眼で追いながら、三人がたすかるものなら、おれはどうなってもいい、とおもっていた。

とつぜん、女がけたたましい笑い声を立てた。女は自分の笑い声に刺戟されたように、さらにはげしく笑いつづけた。女は腹のあたりを片手でおさえ、身をよじって笑った。もりあがった乳房が上衣の下で、いきいきとゆれていた。

西岡はおどろいて女をみつめていた。西岡には、女がとつぜんそんなふうに笑いだしたことの意味がのみこめなかった。それは西岡を不安にした。

「もうすんでしまったのよ」と女は笑いをのどのおくのほうでおしつぶしながら言った。「ニシオカ、表へ出てごらんなさい。逃げた三人のあなたの部下がちゃんと帰ってきてるから」

西岡は、あ、とみじかく声を立てた。

「しかしかれらは天幕を出たときとは、かなりいちじるしくことなった姿で、もどってきてるのよ」

女はことさらゆっくり言って、西岡を見すえた。

西岡は首をたれた。

「かれらは血だらけになって、両手をしばりあげられて、どろんこで、帰ってきてるのよ」

女は歌うように言いつづけた。

第四の男は低いうめき声をあげはじめた。それはいかにも苦しそうに、いまにもたえいるばかりに低くながくつづいた。

西岡は第四の男のほうを見た。第四の男は両手で頭を抱えこみ、その頭をこきざみにゆすり立てていた。その恰好は、頭がふるえだすのを両手でおししずめようとしているふうにも、また両手で頭をもって、こまかくゆすっているというふうにも、みえた。

西岡は顔をゆがめた。将校たちはむしろ退屈そうに西岡や第四の男を見おろしていた。

「おねがいです」と西岡は声を高く張りあげて言った。「つかまった三人を、どうか助けてやっていただきたい。すべては小隊長である私の落度です。脱出計画の首謀者はこの私なのです」

第四の男が顔をあげた。しかしかれはまだ低くうめきつづけていた。かれの眼はぎらぎら動物的な強いひかりを放って燃えていた。

「あなたが首謀者？」と女は言った。

女はがっしりした両手を、がっきと組みあわせ、二、三度上下に振り立てた。

「それなのに、どうして、あなたは逃げなかったのですか」

「私は下痢をしてました。私は逃げても、ほかの者の足手まといになるだけだ、とおもいました。それに私には帰るべきところがないのです。それで残ることにしたのです。私が言いださなかったら、あの三人だって、けっして逃げようなんて気をおこさなかったにちがいありません。私がかれらをそそのかしたのです」

西岡はいくぶん演説口調になって言った。

「帰るべきところがない？」と女はききかえした。「それはどういう意味なのですか。あなたがたの祖国ニッポンはすでに失われたとでもおっしゃるのですか」

西岡はしずかに首を横に振った。

「私は愛する者たちを失ったのです。私の帰りを待っている者は、だれもいない」

「愛する者たち？」と女は、きんきん、声をひびかせて言った。

「妻とそして子供のことです」西岡は低い沈んだ声で答えた。「私の妻と子は、新京から脱出する途中で、死んだのです。子供が疫痢にかかったとき、妻は拳銃で子供をうち殺し、その数分後に同じ拳銃で自分のこめかみを、うちつらぬいたのです」

「おお！」

女は、けもののようにさけんだ。

西岡は、終戦まぎわ、通化の山の中にこもっていた。そこに山腹をくりぬいた兵器廠の地下工場が構築されるはずであった。妻と子は、新京郊外の将校官舎に西岡とはなれて、くらしていた。ソ連の参戦ですべては潰滅した。

西岡は新義州の収容所で、妻と子の死を、知ったのだった。

「私は帰るべき場所を持たなかったし、それに下痢になやまされていた」と西岡は、繰返した。

「これが私の脱出を放棄した理由のすべてです」

「あなたは、はじめから逃げるつもりはなかった。しかしそれは下痢をしていたからでも、またあなたが帰るべきところをもたなかったからでもない。そうでしょう?」と女は言った。

西岡は答えなかった。答えられなかったのである。

「あなたは、逃げられっこないことを、知っていた。そうでしょう?」

西岡はだまっていた。

「逃げてもつかまることを知っていたから、あなたは逃げなかった」と女は少ししずかに言った。「それはまことにかしこい態度というべきですね。それなのに、あなたは、あの三人を逃がしてやった。逃げられないことを知っていながら、あの三人を逃がしてやった。なぜですか。どうしてですか」

西岡は息を深く吸いこみ、眼を閉じた。

そうだ、とかれはおもった。脱出は不可能であることを、おれは知りすぎるほど知っていた、それはまさしくこの女の言うとおりだ、それなのに、おれは、あえてかれらの脱出をとめようとはしなかった、なぜだろう。

「あなたは、しんにあの三人の味方だったでしょうか」と女はややヒステリックに言った。「もしあなたが、ほんとうにあの三人の味方だったら、不可能な脱出を、なぜおもいとどまらせようと、しなかったのですか。あるいは、あなたがしんにあの三人の味方だったのなら、どうしてあらゆる危険をおかしてでもあの三人と行をともにしようとは、しなかったのです。あなたは、あの三人に脱出をおもいとどまらせることもしなければ、あの三人と危険をわけあうこともしなかったのですね。それはどうしてでしょう。それはなぜでしょう。それはあなたが、しんにあの三人の味方では、なかったからです」

「それは、あなたの、つまり異民族のひとり合点な判断でしかありません」と西岡はさけんだ。「あなたには、いまの、この私の気持がわかっていない」

西岡は椅子から立ちあがり、両手で胸のあたりを、ぎゅっとつかんだ。

ソ連軍の将校たちは、なぜ西岡が立ちあがって、そんなしぐさをしたのか、わからないので、きょとんとした顔をしていた。

西岡はしずかに腰を落した。

「私は、私のからだを犠牲にしてもいいとおもっているのです。私は、あの三人を救うことができるのなら、よろこんで、私のこのいのちをさしあげます。私のかれらに対する友情は、少くとも、あの三人には、わかってもらえる、とおもっています。

異民族のあなたには、わかってもらえなくてもいい。あの三人にわかってもらえれば、それでいいんです」

女は、おだやかな微笑を、ほりの深い白い顔に波立たせた。

「あなた」彼女は第四の男に呼びかけた。「あなたは、どうおもいますか、このことを」

第四の男は、おどろいたように、女の顔を大きな眼で見た。あきらかにかれは当惑しているようすだった。

西岡は第四の男のほうを見た。第四の男も西岡を見た。

「この男に」と西岡は言った。「そんなことを聞くのは、無意味です。この男は、われわれの行為とは全く無関係なんですからね。何度も言うように、この男は、ただ便所へ行ったとき、不幸にも、鉄条網に仕掛けたつっかえ棒を、見てしまったというだけにすぎないのです」

「ちがいます」と第四の男は、しっかりした声で言った。「そうでは、ありません。私もまた逃げだそうとした人間のひとりなのです」

西岡はわめいた。

「ばかなことを言うな。お前は何でもないんだ。気でも違ったのか」

「いいえ」と第四の男はおだやかに言った。

「私は正気です。私は、あの鉄条網の下に、からだをくぐらせた人間のひとりなのです。この手をごらん下さい」

かれは両手を高くさしだした。

女はロシア語で、将校たちに、いまの状況を手みじかに説明した。

将校たちはからだをのりだすようにして、第四の男のさしだす手に視線をそそいだ。

その手は、鉄線からうけた傷のために、みにくくはれあがっていた。

女は満足げに何度もうなずいてみせた。

西岡は第四の男の顔を見た。第四の男も西岡の顔をみた。西岡は第四の男がいまかれをつめたく突きはなそうとしているのを、その表情によみとることができた。

西岡はからだをひきつらせた。

「この男に罪はありません」と西岡はさけんだ。「この男も私にそそのかされた人間のひとりなのです」

「ちがいます」と第四の男は西岡の言葉をふりきるように言った。

「私はこのひとに、そそのかされたりなんか、しません。私は自分の意志で脱出に参加したのです」

西岡は混乱した。第四の男が、そういうふうに言ったのは、西岡の立場を、かばおうとしたからではなく、むしろ逆に、それは西岡にたいする不信の表明にほかならない、そううけとれたからである。

第四の男をかばおうとする西岡の証言を、この男は、あるつめたさで、はね返してきた。この男は小隊長である、おれの好意を、憎しみをこめてはらいのけた。それはなぜだろう、なぜ、おれはこの男にはねつけられなければならないのだろう。

「脱出が」と第四の男は苦しげに言った。「失敗におわったのは、私のせいです。私がへまをやりさえしなかったら、脱出は、成功したかもしれない」

女がまたしても笑い声をあげた。女はこんどは十分自分で自分の笑いをたのしんでいるといったふうなゆとりをみせて笑っていた。

「脱出は、成功しなかった」と彼女は言った。「それは、あなたがやりそこなったからでしょうか。あなたは、いま、とても深くなやんでますね。自分のしくじりが、仲間たちをほろぼしてしまった。あなたは、そう考えて、自責の念にかられている。

けれども、それは、きわめておろかなことといわなければなりません。脱出の失敗を、自分の不手際にむすびつけて、仲間にたいしひけめを感じるというのは、私どもソビエト軍隊の監視兵にたいする侮辱ですよ」

第四の男は、憎悪にみちたまなざしを、女にむけた。

「私は、あなたがたには、罰せられたくはない。私はあの三人の手で罰せられたいのです」とかれは言った。

「あの三人は、あなたを罰するどんな方法も持ってはいませんよ」女は冷笑した。「あなたがたは、もうどんなことをしたって、あの三人と気持を通じあうことはできません。あの三人はもうあなたがたとは、はっきり区別されてしまったのです。鉄条網の内側の人間と外側へ這い出てしまった人間とは、げんかくに区別して扱われなければなりません」

「いや」と西岡は言った。「私たちは、外側に抜けでることはできなかったが、抜けでたいという願望を強く持ち、その願望にうごかされたという意味では、あの三人とは、本質的に、少しも別の種類の人間ではありません。私たちもまたあの三人と同じように扱っていただきたい。私はどのような処罰をうけることも、こばみません」

女は首をすくめた。

「あの三人とあなたがたとは、もう全く別の世界の人間なのです。私たちにとって、問題なのは、心の中のことではなくて、外側に出たか出なかったか、というはっきり形に現われた行為なのです。

あなたがたは、いくらあの三人と同じ種族だと主張しても、それはたんに一方的な言い分でしかありません。あの三人は、もうはっきり、あなたがたを、突きはなして考えているのですからね」

それから女は、西岡を指さした。

「さっき、私が、あなたはしんにあの三人の味方ではなかった、と言ったとき、あなたは、それは異民族の独断だと言いましたね。

残念ながら、それは、私の独断ではないのです。あの三人が、はっきりそう言っているのです」

西岡は動揺した。しかししばらく考えてから言った。

「それはたぶんかれらが、私をかばおうとしているのです。私を罪に引きこみたくないというあの人たちの深い愛情が、そう言わせたにちがいありません」

女は微笑した。

「それは、あの三人に、会えばすぐわかることです」

西岡はそう言われたとき、またしても混乱につき戻されてしまった。第四の男が、おれをこばんだように、あの三人も、おれをしめだそうとしているのだろうか。

おれはこのロシア女の言うようにあの三人にとってはほんとうの味方ではなかったのだろう

か。おれはもしかしたら、天津で中国人の将校をうち殺したように、あの三人を、破滅に押しやってしまったのであろうか。

西岡は両手で顔をおおい、声をしのばせて泣いた。

「泣くのはおやめなさい」とロシア女が言った。「あなたがたのお友達は、表でお待ちかねですよ」

彼女は、お友達、というところに皮肉なアクセントをつけた。

下士官が西岡の肩をつかんで椅子から、からだをひきおこした。西岡と第四の男は、しずしずと法廷を出た。

三人はそこに立っていた。

西岡は、ぎくりとして、立ちどまった。三人は女が言ったように顔を血だらけにし、うしろ手に両手をくくられ、将校詰所から三十米ほどはなれたあたりに、三米ほどの距離をたがいのあいだにとって、立っていた。

三人の横にはマンドリンのかたちをした銃を持ったソ連兵が数人かたまっていた。

幕舎の鉄条網のかこいのなかには、捕虜たちがきちんと整列して、鉄条網のそとの三人をみつめていた。

静寂があたりを幅ひろくつつんでいた。西岡は肩ではげしく息をした。西岡は、こちらを向いてじっと立ちつくしている三人の表情をよく見ようとして、ひとみをこらした。

三人の顔にはかわいた血のりがべっとりこびりついており、しかもその顔はふくれあがっていた。そこからはどのような表情をもくみとることはできそうもなかった。

しかもかれらは泥まみれだった。そんなかれらは黒ずんでみえた。それは西岡にあの鉄橋のうえのシルエットをおもいださせた。

ソ連軍の将校がその三人と幕舎の捕虜たちと、そして西岡たちとのちょうど中心あたりの地点に進みでた。

かれは腰に両手をあてがうと、頭を天に向けるようにからだをそりかえらせて、大声でしゃべりはじめた。その声は陽のひかりのさしこまない暗い午後の草原を、ゆっくり流れていった。

ロシア女が通訳をした。ロシア女は大きな乳房を突きだすようにし、上体をはげしくゆりうごかしながら言った。

「あなたがたが、どんなことをしても、逃げられないという事実を、この三人の元気な紳士が証明してくれました。私たちは、今後のみせしめのために、この三人のいさましい姿を、こうやってみなさんの前に、おみせしているわけであります。あなたがたの今後のご参考までに、いまこれから、この紳士たちの口から、どうやってかれらが、こういう姿にならなければならなかったかを説明してもらうことにしましょう」

それから女は、三人のほうをふりむいた。

「さあ、おはじめなさい」と彼女はかん高く言った。

鉄条網のなかの捕虜たちのあいだを声のないざわめきが走りぬけていった。第四の男が西岡から少しはなれたところで、またしても低い病人じみたうめき声をあげた。

西岡はからだを固くして三人をみつめていた。第一の男はうしろ手にしばられた両手をちょっとうごかそうとした。そのときかれのやせたからだがよわよわしく揺れた。

第一の男は息を深く吸いこんだ。それからしゃべりはじめたが、その声は、傷ついたけものの遠い吠え声に似ていた。

「われわれは、監視兵に発見されたな、とおもった瞬間、同時に、それまで身をひそめていたやぐらからとびだしたんだ。

われわれはびゅんびゅん風を切って、野っ原を突っ走った。走って、走って、そして走ったんだ。それからわれわれは草むらにもぐりこんだんだが、それと前後して、照明弾がいくつも打ちあげられた。

照明弾がわれわれの走る大地を、白々と照らしだしたとき、われわれは、少くともおれは、もうだめだな、とおもった。もうだめだな、とおもったとき、ふしぎにおれのなかに、はげしい力がふきあがってきたんだ。はげしい力が、な」

すると、第二の男がそれをひきとって言った。

「お前には、はげしい力をよびおこしたものは、しかしおれには恐怖をしかもたらさなかった。おれはもう全身を、恐怖にとらえられて、身うごきできない気持だった。おれはもうあの鉄条網のなかへはもどれないとおもった。すると、むしょうに鉄条網のなかへもどりたくなったんだ。いままで、あれほど抜けだしたくてたまらなかったあの鉄条網のなかにしかおれたちの生活はありえないということがわかったんだ」

しかしかれらはべつに対話をかわしているふうではなかった。かれらはしっかり前方を見つめ、からだを固定させたままで、かなり大きな声を張りあげていた。それは何か自分たちを超える眼に見えないものにむかって語りかけているかのようであった。

第一の男はさらに言葉をつづけた。

「われわれはしばらく草のしげみに身をかくしていた。さしあたってわれわれのなすべきことはなんとしても夜があけるまでに前方の小高い山を越えるということだった」

西岡には、その山というのは、前日、ポゼット湾へ荷役に行ったときに越えた山を指していることがわかっていた。

「とにかくわれわれはもうあとへひきかえすことはできなかったのだ」第一の男ははれあがった顔を痛そうにゆがめて言った。

「そして」と第三の男がほそい声で言い継いだ。「われわれは、しめった土の上をしゃにむに突きすすんでいった。山の途中でわれわれは木のしげみのなかに身をひそめている速射砲や加農砲を見た」

「しかし」と第二の男が言った。「そこには、だれもいなかった。砲身が木のしげみをすかしてにぶくふりそそぐ月のひかりのしたで、硬くひかっていた。そいつは、そばに人間がいないことで、よけいぶきみにみえた。おれは大砲というものが、こんなにも、かたくつめたいものだとは、おもっていなかった」

「そうなんだ」と第一の男が言った。「それは全くこの男のいうとおりなのさ。大砲は火をふいているときよりも、つめたく冷えこんで、ひっそりうずくまっているときのほうが、どんなにおそろしく見えるか――。ああ」

第一の男はそこで声をつまらせて、泣きじゃくりはじめた。かれは両手の自由をうばわれているので、涙をおさえることもできずに、きっと顔をあげたままだった。

涙はあふれあがり、黒い血のこびりついた頰を濡らした。かれは顔をしかめた。しかしその顔はすっかりゆがんでしまっているために、泣いているのか、笑っているのか、それともなんにもしていないのか、まるで見わけがつかなかった。

「われわれは」と第三の男が比較的しっかりした声で言った。「とにかく山道をぐんぐんのぼって行った。そして夜明けまでに、やっと頂上近くにまでたどりつくことができたんだ。われわれは、しげみの下で、ひとやすみした」

「われわれは」と第二の男が言った。「たばこをふかした。すると何かわれわれは、ひどく建設的な勤労を、徹夜ですましたばかりで、いまその疲れをいやすために、こうして、一服しているんだ、という気分になっていった。それはなんだか奇妙な具合だったけどな」

「あんなにも、心のなかにおもいえがいていた脱出とは、つまりこういうことだったんだな、そうおれはおもったものさ」と第一の男が言った。「脱出というものが、どんな細部から成り立っているか、ということが、いくらかのみこめたとおもったとき、おれは気持のやすらぎをおぼえた」

「おれも、もう恐怖を忘れていた。筋肉の疲労が、おれを恐怖から解放してくれたってわけだ」と第二の男が言った。「おれは土のしめりけやむんむんする草の匂いのなかで、じっとしていた」

「夜がどんなふうに朝のなかにとけこんでいくものか、そうやって、おれたちは木のしげみのかげで、じっと見ていたのさ」と第三の男がいくらかしめっぽく言った。

「そのとき」と第一の男が言った。「あの音を聞いたんだ」

「あの音」と第二の男がそれをうけた。「あの乾いた規則正しいひびき」

「そいつはトラックのエンジンのひびきだった。それは見なくてもわかっていた。で、われわれは息を殺してそのエンジンの音に耳をすましていた」と第三の男が言った。

「そいつは、われわれの位置からそれほど近くはなかった。そのひびきは少し重っ苦しげだった。しばらくすると、エンジンのひびきはとだえた」と第一の男は言った。

「われわれは顔を見あわせた。トラックはとまったらしいな、とわれわれは話しあった。すると、またエンジンのひびきがきこえてきた。

そのトラックはわれわれに近づいてきているのか、遠ざかっているのか、ちょっと見当がつかなかったんだ」と第二の男は言った。

「またエンジンの音がとまった。それからしばらくしてエンジンが鳴った。なんのためにエンジンのひびきが、そんなふうに断続するのか、われわれにはわからなかった」と第三の男が言った。「それはわれわれを不安にした」

「で、われわれはそっとしげみから、からだをのり出して、ふもとのほうをのぞきこんだんだ」と第一の男が言った。「事情は明瞭になった。われわれはソ連兵のために包囲されつつあったのだ。トラックはふもとの白い道をゆっくり走っていた。

トラックのうえにはソ連兵が乗っていた。トラックは百米くらい走ると、とまった。そしてそこからひとりのソ連兵がおりた。トラックはまた百米ほど行くと、とまった。そこでもまたソ連兵をひとりおろした。

つまり山裾にぐるりと百米間隔ほどで、ソ連兵を配置するためにトラックは走ってはとまりしていたのだった。

われわれはもはや絶望しなければならなかった。われわれは完全に包囲されてしまったのだ。だが、とそのとき考えた。ソ連兵は、はたしてわれわれが山の中に逃げこんでいることを知っているのだろうか、もし何かの理由でかれらがわれわれの存在をすでに察知しているとしたら、やがてかれらは山狩りをおこなうであろう。あるいは、かれらは、まだわれわれが山の中にはいりこんでいることに気づいていないのかもしれない、かれらは、いずれわれわれが山の中に逃げこんでくるだろうと推測して、それで、山のふもとでわれわれを待ち伏せしているのかもしれない。

もし、後者の場合だったら、たぶんかれらは前方にだけ気をとられて、後方つまり山の頂上に対しては警戒をゆるめているにちがいない。そうわれわれは判断した。

そしてわれわれは、かれらがまだわれわれの存在を感知していないと信ずる理由は全くないにもかかわらず、かれらの背後を衝いて警戒線をつきやぶり、山をくだろうと、決心した。

そしてわれわれは誇りをもって言うことができるのだが、その警戒線の突破に成功したのだった」

第一の男はそう言うと、苦しそうに肩を波打たせた。もしかしたら、かれは立っていることに耐えがたくなっていたのかもしれなかった。

「われわれはソ連軍の監視兵の不手際や怠慢を指摘するつもりは毛頭ない。われわれの闘志と技術が、かれらを上回っていたのだなどと言ってみたところではじまらない」と第二の男はいらだたしげに言った。

「われわれはじりじり辛抱強く地べたを這いずりながら、三人ひとかたまりになって、山をおりていった。もしかしたらわれわれは分散すべきだったかもしれない。だが、われわれは、分散して成功するよりも団結して失敗するみちをえらぶべきだと信じたのだ」

「われわれは、ゆっくり、きわめてゆっくり匍匐をつづけていった」と第三の男が言った。

「そして顔をあげたとき、すぐ眼の前に、監視兵の大きなからだを見いだすことができた。それはわれわれをひどくおどろかした。監視兵はまだ若い男だった。

かれはいかにものんきそうにぶらぶらしていた。かれは口笛をふいたり、ロシア語の歌を口ずさんだり、ひとりごとを言ったり、あくびやくしゃみをしたりした。かれは自分がだれにもみられていないことを、素朴に信じきっていた。

われわれは顔を見あわせて、この若い兵士をどう扱うべきか、眼と眼で相談しあった。もしわれわれに兇器があたえられていたら、それを、われわれはそれほど苦労することなしに、もっとも有効な方法で、使用できたはずである。

だが、われわれはこの若い兵士に全く害意をもつことができなかった。われわれはこの兵士のあまりにも近くに、たどりついたことをくやんだが、しかしそれは、もともとわれわれの意志ではなかったので、くやんでも追いつかなかった。

われわれは進むこともしりぞくこともできなかった。むしろわれわれは、この兵士の注意を全く惹くことなしに、こんなにもちかぢかとにじり寄ることができたのを、ふしぎにおもったくらいだった。

われわれは進むこともしりぞくこともできなかったが、そのままじっとしていることはある意味では、さらに危険だった。

そこでわれわれはひとつのトリックをおもいついた。われわれのうちのひとりが、石ころを兵士の右手の草むらにむかってほうりこんだのである。

当然兵士は草むらのほうへかけよっていった。そのわずかな機会をとらえて、われわれは足音を殺して、左手の木のしげみの下に、からだをすべりこませたのだった。

若い兵士は、たぶん、うたがうことに馴れていなかったのだ。で、われわれは最初の危機——それは、げんみつには、最初のということはできないかもしれないが——とにかく、ひとつの危機をくぐりぬけることに成功した」

三人の報告は、かなり冗漫でまわりくどかったので、それは西岡をいらいらさせた。三人をそんなにも饒舌にしているものが何なのか、西岡には理解できなかった。そのためによけい西岡はいらだった。

「われわれの前に小さな川があった」と第一の男が言った。「その川は、われわれには、ひとつの困難でしかなかった。川というよりも溝にちかいものだったが――。その川のほとりに柳の木がむらがり立っていた。川から五米ほど前方は林になっていた。林のむこうには、煉瓦を焼く大きな土の竈があった。

　われわれは前方に在るそれらのうちで、なにがわれわれに希望をもたらし、なにがわれわれに困難をあたえるかを、計算してみた。

　それからわれわれは、小さな川を渡った。水はものすごくつめたく、そしてすきとおっていた。水は、ひざのあたりまでしかなかった。流れを横切ったとき、われわれは水がわれわれの歩みを重たくしたのを知った。

　われわれは林のなかにもぐりこんだ。われわれにひとつの安堵がやってきた」

「だが、それはきわめてみじかいあいだのことでしかなかった」と第二の男が言った。「われわれは、林のなかを数歩、すすんだとき、異様なものの気配をかぎとった。

それはあきらかに生きものの気配だった。生きものの吐く息が草の葉をゆらめかせた。生きものの匂いが、われわれの鼻孔を重たくふさいだ。生きものの気配にまじって金属性の物音がした。

われわれは地べたにうつぶせになった。生きもののひそやかな足音がすばやく近づいてきた。同時に何か金属性のもののふれあうかたいひびきが近づいてきた。顔をあげたときわれわれは眼の前に犬を見た。

犬はわれわれの顔に自分の顔をすりよせてきた。犬の吐く息が、おれの顔のうえになまあたたかくひろがった。おれはおそれた。

おれは犬がおれをかみころす、ころさないまでも深く傷つけるかもしれないと考えた。

犬はあきらかにソ連軍の軍用犬だった。

金属性の物音は犬がひきずっている鎖が発したものであった。おれはじっとしていた。犬とおれの視線がからみあったとき、おれは犬の眼のおくに当惑のいろがうごいたのをみたようにおもった。

犬はあの若い兵士とどこか似ているようでもあった。もしかしたらこの犬もまたあの若い大きな兵士のように、うたがうことに馴れていないのかもしれなかった。

犬もじっとおれをみつめたまま、うごこうとしなかった。

われわれは顔を見あわせた。われわれはとつぜんあらわれた一頭の犬のために完全に、行動の自由をうばわれてしまったのだ。犬は吠えたてもしなければ、かみつきもしなかった。犬はただわれわれをみつめ、そして嗅ぎまわるだけだった。われわれは若い兵士を前にしたときと同じように腹這いになりながら、眼と眼でたがいの意志をさぐりあった。それからそこにいるのは犬だけなのか、あるいはこの近くに人間、つまりソ連軍の兵士がひそんでいるのではないか、ということをたしかめるために、胸をおこし、しずかにあたりをできるだけ遠くまで見まわした。

その結果、ひとの気配を、その近くのどこにも感じとることはできなかった。そこでわれわれはからだを起した。犬は十米ほどもある鉄の鎖をひきずっていた。鎖は林の中の棒杭につなぎとめられていた。

われわれは、犬をそのままにしておいて、できるだけ早くその場を立ち去るべきだという結論を得た。で、われわれは、林の中を這って行った。

すると犬はわれわれと同じ速度でわれわれの足もとにくっついてくるのだった。それでもかまわず、われわれは犬を無視してすすんだ。ガチャッという重い鎖の音がした。犬の鎖はのびきっていた。われわれは鎖におさえられた犬を残して、さらに這いすすんでいった。そのときはじめて犬が低くうなりはじめた。われわれは這った。犬はうなりつづけた。犬はいらだちはじめていた。犬のうなり声はしだいに切迫したものをはらみ、高まっていった。

われわれは停止した。おそらくこれ以上、犬から遠ざかれば、犬は吠えはじめるにちがいなかった。犬が吠えれば、とつぜんどこかから人間がとびださないともかぎらなかった。われわれは動揺した」

「そのとき、おれの頭のなかに」と第三の男が言った。「ひとつの考えがひらめいたんだ。つまり犬はわれわれからひきはなされることをこのまない、ということだ。それならわれわれはどこまでも犬とくっついて行動すればいい、ということだ。

つまり犬を鎖から解放してやることだ。そしてその犬の鎖を、棒杭にではなく、われわれの腕につなぎとめればいいのだ。これはたしかに名案だった。いや名案であるように、おもわれた。

それで、おれは棒杭のところまで這っていった。犬はおれの手もとをじっとみつめていた。犬はおれの頬に鼻づらを寄せて、おれの顔をなめまわした。犬の舌はなまあたたかくぬれていた。それはずいぶんくすぐったかった。まあ、待て、とおれは低い声で犬に言った。いますぐ自由にしてやるからな。

おれは指先をうごかした。鎖はたやすくとけた。そら、とおれは、犬に言った。おれは鎖をにぎった。そうおもった瞬間、鎖は強いいきおいで、おれの掌にやきつくような痛みをあたえて、すり抜けてしまった。鎖をひろいあげようとしたとき、そいつは生きもののように、すばやく草のうえをすべっていった。おれは、しまった、とおもわず、さけんでいた。鎖は重いひびきだけをのこして、もう犬と一しょにどこかへ見えなくなってしまっていた」

「絶望がわれわれをとらえた」と第一の男が重い声で言った。「われわれは姿勢を低くして走った。びゅん、びゅん、風のように、われわれは、林の中を突っ走った。

そしてわれわれはふたたび小川を見た。どこかで小銃の発射音が鳴った。それはたがいによびあうように、あちこちで、鳴った。それは、ぐんぐん近づいてきた。

兵士らは走りながら小銃をぶっぱなしているのだった。

われわれは、またしても小川に、ひとつの困難を見た。われわれは流れのなかに、ざぶざぶはいっていった。こんどの小川は、第一の小川よりもいくぶん深く、そして幅も倍以上あった。

われわれは小川を渡ることを、すでに断念していた。われわれは流れのなかに全身をひたしながら、それを待った。われわれは岸辺の茂みのかげに顔をかくし、首から下を流れのなかに沈めていた。小川はつめたく、そしてすきとおっていた。われわれはそうして、それを待った。

おどろいたことに、最初、あらわれたのは、鎖をひきずったままのあの犬だった。犬は岸辺に立って、水の中のわれわれを、じっとみつめていた。犬は、やはりどこか当惑したようなまなざしでわれわれを、じっとのぞきこんでいた。そして犬のうしろから兵士たちがおどろくほどおおぜいあらわれたのだった」

「われわれは」と第二の男が言った。「水の中からひきずり出された。そしていきなり、この顔をぶんなぐられた。われわれは、ぽたぽたしずくが落ちる服を、まるで、雑巾かなんかのようにひきずりながら、兵士たちにつれられて、もと来たほうへ歩いていった。

林を出たところにすでにトラックが待っていた。トラックには兵士たちがぎっしり詰めこまれていた。われわれはトラックのうえに押しあげられた。すると、兵士たちは、つぎつぎ順りに、われわれをなぐったり突きとばしたりした。それでこの始末さ――」

三人はそこで口をつぐんでしまった。

静寂がふたたび立ちかえった。

「すべてはこのとおりよ」とロシア女は、はればれとした声で言った。

それから彼女は西岡にほおえみかけてきた。

「さっき、あなたは、私の言葉を、異民族の独断だってきめつけましたね。あなたがあの三人のしんの味方かどうか、いまこそあなたはあの三人の口から直接ききだすべきだわ」

西岡はだまって、うしろ手にしばりあげられたまま、くろぐろと立ちつくしている三人を見た。

西岡は何か言おうとしたが、言葉がのどのおくにはりついてしまって、唇からとびだそうとはしなかった。

「さあ」と女は言った。「なにをぐずぐずしてるんですか。こわいのね、あなた、おそれているのね、そうでしょう」

女はかん高く笑った。女の乾いた笑いが、暗い午後の草原にひろがっていった。

「お前たちに」と西岡はさけんだ。「罪はない。お前たちは、このおれに、そそのかされたまでのことなんだ。罰せられるのは、このおれひとりでいい。お前たちに罪はない。さあ、お前たち、脱出の首謀者は、この西岡小隊長だ、とはっきり言ってくれ——」

三人はだまっていた。

第一の男はしずかに首を、そのはれあがった血だらけの顔を、横に振った。

「おれは知らない。おれはその男を知らないぞ」

第二の男がつづいて言った。「われわれの仲間はこの三人だけだ。いままでもそうだったし、これからも、な」

第三の男がさらにさけんだ。「われわれは、分散した成功よりも団結した失敗をえらんだんだ。この三人だけで——」

西岡はわずかによろめいた。しかしすぐにしゃんと上体をおこした。

かれはもういちどさけんだ。

「おれをかばうな。それは無意味なことだ。なぜありのままを言わないんだ。なぜこのおれを仲間はずれにしたがるんだ」

三人はだまっていた。

第一の男が言った。

「おれは、だれをもかばっていないぞ。おれはその男を知らない」

西岡はがっくり膝を折った。ロシア女はまたしても、厚みのある声で、高く笑った。

「おれは、それなら、このおれは、どうなんだ」とつぜん第四の男がさけびだした。

三人のあいだを黒いざわめきが一瞬吹きぬけていった。

「おれの失敗が、お前たちを、売りわたしてしまったんだ。お前たちを裏切ったこのおれを罰してくれ。そのお前たちの傷ついた泥だらけのやせた手で、このおれを罰してくれ」

第四の男は自分ののどを両手でかきむしるようにして、そう言うと、大地に倒れ伏してしまった。ソ連軍の兵士がいそいで、第四の男を抱きおこした。

「お前は」と第二の男が言った。「仲間にしてもいい男だった」

「だが」と第三の男が暗いうるんだ声で言った。「もうおそい」

第四の男はソ連兵に抱きかかえられたまま号泣した。

三人の男はくろぐろと立っていた。

西岡はゆっくり自分ひとりの力で立ちあがった。

「さあ」と女はうきうきした声で言った。「私たちの仕事にとりかかりましょう」

女はロシア語で一ばん年かさの将校に何か言った。将校がそれにこたえて何か言い、それから、兵士たちにみじかく命令を下した。

三人の兵士たちがはじかれたように、三人の日本人のそばにかけよった。兵士たちは自信のこもった手つきで、三人の手をゆわえつけている麻紐をほどいた。

それから三人の手を、しゃんと伸ばしてやった。兵士たちは麻紐を持って、もとの位置に走りもどった。三人は自由になった手をじっとみつめたり、もみあわせたり、ふりまわしたりした。

「あなたがたは」とロシア女が言った。「自由の身になったのよ。さあ、どこへでも、行くがいい。あなたがただけ、自由の身になれたんだわ」

三人は、自分たちのうえにおこったことがらについて理解できずに、まごまごしていた。

「なにをしてるの」とロシア女はじれったそうに言った。「あなたがたがあんなにほしがっていた自由を、私たちは、あなたがたの勇気と団結に対して、くれてやったのよ」

そのとき鉄条網の内側から拍手と歓声がわきおこった。捕虜たちは三人のかがやかしい自由に祝福をおくったのだった。

三人はたがいに歩み寄った。それからかれらはたがいに抱きあった。かれらはいつまでもそうしていた。

「さあ、自由になった元気な紳士たち」と女は言った。「ソビエトは広いのよ。どこへでも飛び立ってお行き」

三人は、くるりと背中をむけると、二米ほどの間隔をとりながら、一列にならんで草原を歩いていった。ところどころ草むらがあるだけで原っぱはたんたんと遠くひろがっていた。

三人はまだうたがわしげな、ためらいがちの足どりで歩いていた。しかしそのうちにかれらの足どりは、内側からみちてくる力につきうごかされて、強さと速度をましていった。

三人は二度と、うしろをふりかえろうとはしなかった。だんだん三人の影が草原を遠ざかっていった。

ついに三人はよろこびをかくすことができずに、とびあがった。そして一せいに走りはじめた。

そのときふいにどこからともなく銃声がおこった。そして走りはじめたばかりの三人の黒い影は、ふきとばされるようにはねあがり、倒れ、そしてもうふたたびおきあがることはなかった。

西岡はそれをじっとみつめていた。

だしぬけに、西岡の背後で、うめき声がおこった。西岡はふりむいた。ソ連兵の腕の中で、第四の男が口から黒い血のかたまりをはいていた。西岡はソ連兵をつきとばすようにして第四の男のからだを抱えた。

第四の男の嚙み切った舌から流れでるねばっこい黒い血が、泡立ちながら西岡の胸をぬらした。

西岡は、第四の男のあごに手をかけた。あたたかい血が西岡の手の甲に流れ落ちてきた。

「おい」と西岡は言った。「おい」

第四の男は、ふっと眼を見ひらいた。

西岡はその眼を見た。その眼に見おぼえがある、とおもったとき、早くもその眼はとざされてしまっていた。ふいに西岡の腕のなかで、第四の男のからだが重みをました。

〔1958年1月「文學界」初出〕

きれいな手

さあ、おちつくんだぞ、伊崎は自分じしんにそう言いきかせた。しっかりまわりを見まわすんだ。かれはからだをうごかすたびにぎしぎし不安定にゆれきしむ木製のベッドにあおむけになったままの姿勢で、ゆっくり首をめぐらした。そこにかれが見たものは、天井から吊りさがった裸電球のひかりにほのぐらく照らしだされた石の壁ばかりであった。

かれにはじっと眼をつむってげんざいの状態に耐えるか、あるいは、いまのように首をめぐらしてあたりをながめまわすか、そのどちらかひとつをするよりほかなかった。そしてかれはもう夕方からいまにいたるまで、何回となく、まわりを見まわしたものだった。絶望的なことになんどそうやってみても、かれの視界はかたいつめたい灰白色の石の壁によってさえぎられてしまうのである。その石の壁からどのような些細な変化のきざしをも見いだすことはできそうになかった。

この石の壁のなかにとじこめられてから、まだ数時間しかたっていないはずなのに、伊崎はいままでの生涯の大半をこの石の箱のなかですごしてきたかのような重苦しさをあじわった。

かれはできるだけ気持をおちつけて、げんざい自分が置かれている状況について考えてみようとした。自分がいまひとりぼっちで石の壁のなかにとじこめられていることの意味について。だが、それはうまくいかなかった。いくら考えてみたところで、かれにはなにもわかりはしなかったのである。確かなのは自分がいまとじこめられているというまさにそのことだけであった。きょうの夕方まではたしかにひとつの意味をもって持続していた人生があったとおもう。それがふいにたちきられてしまった。このようなかたちで、たちきられるべきすじあいのものではないはずだった。かれがこのようにして石の壁にとじこめられるというのは、ひどくふしぜんであり、なにかがまちがっていることは、うたがいなかった。

だが、まちがっていることなんて、なにもありはしないのだ、そう伊崎はそっとつぶやいてみた。するとふしぎなことにいくらか気分が楽になってきた。これはきわめてしぜんな、ことの成行きでこうなったんだ、そう信じようとした。これはすべて前々から予定されていたひとつの必然的な結果であり、自分はいまながいあいだの苦しみのすえにやっとこの予定地にまでたどりつくことができたのだ。

だが、そんなことを信ずるくらいなら首でもくくったほうがましだった。かれはあえぎながら、からだをおこし、汗ばんだ、やせたてのひらでかたいつめたい石の壁を、ゆっくりなでまわしてみた。その石の肌はざらっとしていて、堅固で、少しもてのひらのぬくもりになじもうとはしなかった。手ざわりはまったくよくなかった。

いつか、これと似たものを、やはりいまと同じようにてのひらでなでまわしたことがあったな、伊崎はそんなことを考えた。あれはなんだったのだろう、伊崎はそれをおもいだそうとした。けれども記憶はよみがえっては来なかった。おもいちがいかもしれないな、この石の肌ざわりにはなにかこちらの気持をかきみだすようなものがあるからな。

かれはさらに両手で石の肌をなでまわした。てのひらを石の肌に押しあてたまま、かれはベッドからおり、石の床のうえに、はだしで立った。かれは両手を石の壁にあてがい、からだを両腕で支えるようにして立っていた。そのうちに涙がじわじわにじみでてきた。涙をこらえようとしているうちに、息づかいがあらくなってきた。かれははげしくあえぎ、しまいには両手をかたくにぎりしめ、こぶしで石の壁をたたきはじめた。

一分もたたないうちに、かれはぐったりして、そのまま床のうえに倒れこんでしまった。汗がからだじゅうからふきだしてきた。かれはあえぎながら、つばをのみこもうとしたが、口のなかはすっかりかわいていた。

かれは汗でひかっている腕に口を押しつけ、音を立てて皮膚を吸った。

それから緩慢に立ちあがり、室のすみにおいてあるブリキのあき罐を素足でけとばした。あき罐はにぶい音を立ててころがったが、かれはまだいちども排泄作用の必要をおぼえなかったので、罐のなかはからからにかわいていた。

かれはふたたびベッドに腰をおろした。両足を床から少しはなし、前後にゆすぶった。ベッドがきしんだ。さらにはげしく宙に浮かせた両足を振り、ベッドをゆすぶった。とつぜん胸の底からにがいものがつきあげてきて、口のなかにたまった。かれはそいつを床のうえに、おもいきって吐きちらした。ほんの少量の唾液がとびちっただけだった。

かれはベッドのうえにあおむけになった。ベッドが乾いた音を立ててきしんだ。かれはそのとき、そんなベッドのきしみに家具を感じた。そうだ、ここには家具がある、とかれは天井をぼんやり見あげながら、おもった。そしてさらに、このような家具たちによって代表される平和な日常生活のなかにどんなことがあってももういちど帰っていかなければならないとおもうのだった。

いままでに伊崎はどんなことがあっても、絶望したことはなかった。どんなに追いつめられた状態になったとしても、かならず、どこからか道がひらけてくるような気がするのだった。伊崎はいま石の壁に包みこまれながらも、なお、さいごの望みだけはすてなかった。それは朝になれば、なにかがやってくるだろう、ということであった。朝のさいしょのひかりといっしょに、希望が伊崎のからだいっぱいにさしこんでくるはずであった。かれは自分のなかの生命力を執拗なまでに信じていた。なにかを信じなければならないとしたら、それは自分の生命力以外にあろうとはおもわれなかった。経験がそれをかれにおしえたのであった。

捷一号作戦にもとづく動員で、伊崎がそれまでいた宮崎の海軍航空基地からフィリピンに移されたのは去年の十二月だった。同じ月のすえに少尉に任官し、第十七戦区本部付を命ぜられた。伝令小隊長で、部下をつれて、マルコットの本部とバンバン高地の司令部とのあいだをしばしば往復させられたものだった。米軍が上陸するのは時間の問題とされていた。少尉に任官した日の夜、マルコットの宿舎で伊崎たち同期の海軍予備学生たちは、汁粉をつくって祝福しあったが、そのときの話題も米軍上陸の場所や時期にたいするさまざまな推測でもちきりだった。米軍は空からビラをまいたが、そのビラは近く上陸を開始するから海岸の住民たちはすみやかに移動せよ、と警告を発していた。上陸地点はラモン湾か、スピック湾であろうと判断されていたが、一月はじめ、米軍はリンガエン湾に上陸した。上陸後の前進はじつに精力的であった。タルラックをうばい、バンバンを落した。

このころ、一時、友軍の増援部隊が上陸した、という情報がながれたことがあった。将校たちはもちろんだれも信じようとはしなかったが、兵隊のなかには手をうってよろこぶものがいて、伊崎は胸のしびれるおもいをしたことをおぼえている。

本部もいよいよ撤退しようという日、猛烈な砲撃を浴びた。出発準備をととのえてから部隊は山裾に身をひそめていた。米軍観測機に位置を発見されたものらしく、それまではかなりずさんだった砲弾の弾着がきゅうに正確さをましはじめた。伊崎はふいに眼の前に火柱がふきあがるのを見た。おもわずからだをふせた。ふしぎなことに物音は伊崎の耳にはいりこんでこないようであった。火柱のあとからぶあついくろい煙が立ちのぼり、視界をおおった。からだをおこしかけたとき、だれかがうしろから背なかを、力いっぱいつきとばすのをおぼえた。つぎの瞬間、伊崎のからだはつよく投げだされていた。からだがどういうかっこうでほうりだされたのか、まったく見当もつかなかった。痛みはどこにもなかった。いそいでおきあがった。そのとき、するどい恐怖が背なかをつきぬけた。だれかの手が自分の背なかをつきとばしたようにおもったが、あれは人間の力だったろうか。

煙がうすれて、ほのぐらい幕のあいだに兵たちのうごくのがみとめられた。そこここで地面がざっくり口をあけてえぐられていた。一瞬、砲撃がとぎれた。伊崎は前方の山の斜面の木のしげみにかけこもうとして、左手を軍刀の柄にまわした。あやうくかれはとびあがるところだった。柄のさきが半分ほど、ふきとばされて、巻き紐がちぎれ、だらっとたれさがっていた。恐怖がふたたびかれをはげしくとらえ、それにつきうごかされるようにかれは飛びだして行った。

しげみに飛びこんだ瞬間、後方で砲弾のさくれつするひびきをきいた。ふりかえると、まさに弾丸はそれまで伊崎が伏せていたその地点を正確にうちぬいていた。伊崎は反射的に手袋をはめたままの両手を眼の前にひろげてみた。どこにも異常はみとめられなかった。伊崎は全身から力がぬけおちるのを感じ、からだを地べたに倒し、肩を波打たせた。

きゅうにたばこが吸いたくなった。高まる恐怖のさなかに、そういう欲求をおぼえたのははじめての経験だった。ポケットをさぐったが、どこにも、たばこらしいものは、ふれなかった。雑のうのなかにはいっていることをおもいだし、雑のうを肩からはずそうとおもい、まず背なかにくくりつけてある鉄帽をとりはずした。伊崎はおもわず、息をのんだ。鉄帽のちょうどてっぺんのところが深く内側にめくれこんでいるのに気がついたからである。あのとき、だれかがうしろからつきとばしたとおもったのは、これだったんだな。

伊崎は両手であわてて全身をなでまわした。それはまさに奇蹟にちかかった。かれが自分の生命力を信じる気になったさいしょの動機はこうしてうまれたのである。

このときの砲撃は伊崎たちの部隊に十数名の戦死者をもたらした。戦死者たちは一様に籾米でふくらました袋を背負ったまま死んでいた。

伊崎のなかまたちはつぎつぎに死んでいったが、逆に伊崎はなかまがひとり死ぬごとに自分の生きのびる確率がそれだけ保証されるのだというふうに考えるのだった。

あるとき、伊崎は昼食後、便所に立った。便所といってもただまわりに板がこいをはりめぐらしただけのものであった。伊崎たちの立てこもっている本部陣地から数十米はなれた山腹にその便所はあった。

しゃがみこんだとたんに伊崎はふいにはげしい不安が全身をしめつけるのをおぼえた。そんなふうに不安がおそいかかってきたことはいままでにいちどもなかった。かれはいそいで立ちあがると、ズボンを両手でおさえながら便所からとびだし、山の斜面をかけおりた。そのとき、米軍の迫撃砲弾が突きささるように便所をとらえ、粉みじんにふきとばしてしまった。熱気にふくれあがった風が背後から伊崎を突き倒した。伊崎は足をさらわれ、斜面をころがり落ちた。伊崎を救ったのは、便所でふいに前ぶれもなく、伊崎をおそった不安の衝動であった。なぜそんな衝動がとつぜんやってきたのか、伊崎にはわからなかった。ただ伊崎は自分の運命を信じようという気になった。

伊崎はフィリピンに来てからはほとんど祈ろうとはしなかった。祈ることをどこかへ忘れてしまったとでもいうふうであった。きわめてしぜんに伊崎の心は祈りからはなれてしまっていた。

教会の尖塔が強烈な日ざしに射すくめられて燃えあがるようにきらめくのをみても、心がいたむということはなかった。自分の私物のなかからいつバイブルが失われてしまったのか、そのはっきりした記憶もないくらいだった。

佐世保第二海兵団にはいってしばらくたったころ、私物検査でバイブルを持っているのを発見され、分隊長からそのバイブルで力まかせに頬げたをなぐりつけられたこともあった。「こいつは敵の宗教じゃないか」と分隊長はそのとき言った。「いまどき、ヤソをおがむなんて非国民のすることだ」

分隊長はぶあついバイブルで伊崎の顔をなぐりつづけた。何回目かにそのバイブルはあまり強く伊崎の頬にぶちあたったため、分隊長の指さきからすべり落ちてしまった。

分隊長は伊崎にそれをひろえと命じた。伊崎がひろいあげて、分隊長のそばに持って行くと、分隊長は、きゅうに上きげんな顔になった。かれのうえにあらわれたとっさの変化が意味するものを、伊崎は理解することができなかった。

「わかったか」とかれはやさしい声で言った。「心をいれかえるか」

「はい」と伊崎は答えた。

「よろしい」と分隊長は言った。「ではその聖書を捨てろ」伊崎はためらった。

「いまここで床のうえに捨てるんだ」相手はいらいらしたように言った。「ほうり投げてみろ」

伊崎は息を深く吸いこんだ。

「さあ、どうした」と分隊長は言った。

伊崎はおもわず十字を切った。分隊長はけわしい表情になった。

「なんだ、それは」かれはひどくふきげんな語調で言った。「おまじないなんかやめて、さっさと捨てるんだ。帝国海軍の精神がどういうものか、教えてやるからな」

伊崎はかるく眼をとじた。それから指さきに力を抜いてバイブルをぽとんとおとした。それはバイブルが自分の意志でしぜんに伊崎の手からすべり落ちたとでもいうふうだった。分隊長は冷笑をうかべた。

「惜しいのか」とかれは言った。「きさまにはヤソがそんなに大事なのか。それなら、こっちもそのようにあつかってやろう。信心の仕方を教えてやるからな」

分隊長はしばらくだまって、あおざめている伊崎の顔をみつめていたが、

「いいか」と言った。「おれの言うとおりにするんだぞ」

伊崎は恐怖を感じて身をかたくしていた。

「いいか」分隊長はさらに念を押すように言った。「きさま、その足で、聖書を踏んでみろ」

伊崎はからだをうごかそうとはせずに分隊長のぶあつい唇のあたりに視線をじっとそそいでいた。

「きこえたのか」

「はい」伊崎は小さく答えた。

「やってみろ」伊崎はからだがふるえだすのを感じた。とめようとおもってもとめることはできなかった。からだがかれの意志をうらぎってはげしくふるえ、伊崎はもしかしたらおれはふ

いに死ぬのかもしれないとおもったほどだった。伊崎のふるえはだれの眼にもあきらかにそれとみとめられた。

「どうした」と分隊長は言った。

「ふるえてるな。きさま、それでも海軍の軍人か」

いきなり分隊長は伊崎の胸ぐらをつかみ、のど首をしめあげた。伊崎は反射的に相手の腕をつかんだ。

「きさま、反抗するのか」分隊長は顔いろをかえた。伊崎は手をはなした。そのときからだのふるえがうそのようにとまった。分隊長は伊崎の頬をなぐりつけてから、首をぐいぐいしめつけた。伊崎は息苦しさのあまり涙を流した。

「さあ、聖書を踏んづけろ、蹴っとばせ」

分隊長はわめいた。それからきゅうに手をはなした。伊崎のからだは支えを失ってよろめいた。その瞬間、伊崎の視線はふと床に落ちた。そこには聖書がみごとに踏みにじられていた。もみあっているうちに、どちらかの、あるいはふたりの足が、聖書をふんづけてしまったのにちがいなかった。伊崎は苦しげに表情をゆがめた。

おれは自分の意志で踏んだんじゃない、そうかれは心のなかで言いわけをした。おれの足がバイブルを踏みにじったとしてもそれは事故のためなんだ。まったくの偶然というやつなんだ。

「見たか」と分隊長はひくく言った。「きさまはあれを踏んだんだぞ。蹴とばしたんだぞ。いいか、忘れるな。きさまはもういくらお祈りをしたってだめなんだからな」

　伊崎はがくんとひざを折って床のうえにすわりこんでしまった。


　伊崎は生れるとすぐカソリックの洗礼をうけさせられた。伊崎の父親は湘南地方で中学校の英語の教師をしていた。母親がカソリックの信者だった。それで伊崎は自分の意志とは無関係にカソリックに入信することになったのである。

　伊崎は神について考えたことはまったくなかったと言ってよかった。宗教的な眼ざめを持つ以前にすでにかれは祈ることを教えられていた。伊崎は信仰にたいして、きゅうくつさを感じたことはなかったかわりによろこびや陶酔とも無縁であった。伊崎にとって信仰は日常性と密着していた。信仰は精神の問題ではなく、ほとんど習慣の問題であった。

　伊崎には分隊長がなぜキリスト教徒につよい反感を示すのか、なっとくがいかなかった。伊崎はキリスト教徒であることと海軍軍人であることとのあいだにほとんど矛盾を感じなかった。分隊長から制裁をくわえられたときはじめて伊崎は神を所有するということの意味がいくらかでもわかってきたような気になったのである。それで伊崎は分隊長にたいして一種の優越を感ずることができた。

伊崎はフィリピン人の大半がカソリック教徒であることを知っていた。しかしフィリピンにやってきたとき、かれにはカソリックの国へきたという意識は全然なかった。教会から遮断された場所で生きることを余儀なくされていたかれはいつのまにか祈る習慣を失いはじめていた。ときどきかれは、あの分隊長にむりやりバイブルを踏ませられたとき、おれは神を失ったのかもしれないというふうに考えたりした。

ミサも聖体拝領も告解も禁肉日もすでにかれの生活からは完全に除外されていた。そしてそういうものがなくても生きていくうえにはなんの支障もきたさないことがかれにはじゅうぶんのみこめていた。

伊崎が神に近づくことができたのはマラリヤの発作に見まわれたときくらいのものだったかもしれない。全身が寒気につつまれ、からだががたがたふるえだすとき、かれは、バイブルを踏めと言われて全身をわななかせた日のことを確実におもいおこした。

伊崎がまだマルコット基地にいたころ、クリスマス・イブにB24とP38による空襲をうけた。伊崎はなかまの要務士たちと谷間に避難した。そこでかれは、ふたりのフィリピンの娘を見た。彼女たちは陸軍の使役に使われていた。伊崎たちをみると、娘はちょっとおびえたようにからだをかたくした。伊崎はつくった笑いを顔にうかべて、娘の気持をときほぐそうとした。ふいに敵機が機銃掃射をあびせてきた。

ふたりの娘は抱きあったまま地面に身を伏せた。伊崎はふたりの娘がすばやく十字を切るのを見た。伊崎はほとんど郷愁に似た感情で娘のその手つきからミサをおもいおこした。伊崎はいまならば祈れる、とおもった。

伊崎はフィリピンに赴任するときバイブルを持ってきた。敗走の途中、食糧や兵器以外の持ちものを少しずつ捨ててきた。バイブルも例外ではなかったのだが、いつどのようにしてそれを捨てたのか、伊崎はおぼえていなかった。

ということは、つまりバイブルを捨てるのにほとんど抵抗を感じなかったということにほかならない。かれは神をではなくて、自分のなかの生命力だけを信じたのであった。

いま石の壁のなかで伊崎はバイブルをほしいとおもうのだった。バイブルさえ持っていたらこんなところに投げこまれずにすんだかもしれない、そんなことを考えたりした。

おれはだれひとり殺さなかった、おれの手はかつて他人の血のためによごれたことは、いちどもなかった。それなのに、やつらはおれをこの石の箱のなかにぶちこみやがった。

伊崎が米軍機がまきちらしたビラによって日本の降伏を知ったのは二週間前の九月二日であった。伊崎たちの部隊は山のなかに露営していた。部隊と言っても、部隊そのものはすでに分裂してしまって、いっしょに野営しているのは伊崎たちの所属している第二中隊の兵士十数人だけであった。ビラの内容を信じるものと信じようとはしないものとにわかれて、意見がきびしく対立した。伊崎は敗戦をすなおに信じた。

もうこうなったら、これ以上、こんな山のなかに立てこもっていることは無意味だ、と伊崎は主張した。

伊崎はそのときすでに投降のはらをきめていたのである。

「おれは生きたいんだ」と伊崎は言った。

生きのびるためなら、どんなことでもしよう、そうおもった。

伊崎は下士官と兵、あわせて五人をつれて翌日、露営地を出発した。部隊は完全に割れてしまった。ほぼ二週間、山のなかをさまよいつづけたすえ、サンタ・イグナーシャ警察署に投降したのであった。

そこにはアメリカ人はいないようだった。伊崎たち六人は署長室につれられて行った。署長はいろの黒い、ふとった、鼻翼の張った中年男であった。やせたフィリピン人の青年が通訳になって訊問がおこなわれた。青年の日本語は極度にたどたどしかった。伊崎は生き残っている日本兵はすでにほとんど完全に戦闘能力を失っていると説明した。署長はするとうたがわしげなまなざしをむけてきた。かれはいまでもなおまいにちのように住民が日本兵におそわれていると言った。そう言われてみると、伊崎にはそれを否定することはできなかった。伊崎は沈黙をまもった。署長は語気を強めてタガログ語でなにか言った。通訳が、

「お前たちはいく人のフィリピン人を殺したか」とかたい日本語に置きかえた。

「われわれは」と伊崎は英語で答えた。

「ひとりのフィリピン人も殺さなかった。それは本当だ」

署長はだまって深くうなずいてみせた。しかし伊崎は相手が自分のことばを信用してくれたのかどうかはうたがわしいとおもった。伊崎にはフィリピン人を殺したという自覚はなかった。だからひとりも殺さなかったという答えは少しの抵抗もともなうことなしにかれの口をついて出た。けれども、もし伊崎がフィリピン人を殺した経験を持っていたとしても、やはり同じように答えたにちがいなかった。そのことに気づいたとき、伊崎は気持が暗く閉ざされるのを感じた。

「ひとりも?」と署長は英語でききかえした。イエスと伊崎はかすれた声で答えた。署長はどこかしらもったいぶった感じでおうようにうなずいたが、通訳は、ほんのわずかなあいだとはいえ、会話が自分をとびこしてじかにかわされたことに不満を抱いたようであった。通訳は小きざみにつづけて舌打ちをした。すると署長がちらっと通訳のほうをみて、なにかするどくタガログ語で言った。通訳はおそろしく早口でなにか答え、おしまいにちっとずるそうな、すばやい微笑を厚ぼったい唇のあたりにうかべた。

伊崎はとつぜん不安を感じた。その不安のあらわれかたは、かつて山腹の急造の便所にしゃがみこんだとき、ふいに伊崎の全身をとらえてきたあの衝動といちじるしく似ているようにおもわれた。あのとき、伊崎はいそいでズボンをずりあげ、便所をとびだし、砲弾の直撃から身をかわすことができた。

伊崎はいまズボンをずりさげているわけではなかった。暗くうがたれた穴にまたがり、しゃがみこんでいるのでもなかった。伊崎は室からとびだすべきだとおもった。けれどもとっさにそうするだけのはずんだ力はかれにさしこんでは来なかった。伊崎は両足がまるで床にうちつけられたみたいにかたくこわばり、うごかなくなっているのを感じた。かれは両足をふんばり、床を力いっぱい、蹴りつけて、とびあがろうとおもった。そのとき、背後に何人かの足音がみだれながらせまってくるのを聞いた。

ドアがあいて、だれかがタガログ語で署長に呼びかけた。通訳が署長の代りに答えた。ぞろぞろ十数人のフィリピン人の男女が不揃いな足どりで室にはいってきて、署長の背後に、伊崎たちのほうを向いてずらりとならんだ。かれらが室にあらわれたことの意味が伊崎にはまるで理解できなかった。かれらは見たところ、なんのへんてつもない貧しげな農民たちのようであった。

かれらはみな同じようにぎらぎら熱っぽくひかる、黒い大きな眼だまを持っていた。かれらは一般に無表情であった。たしかにひとりひとりの表情からはどのような感情の動きをも読みとることはできなかった。

それでいてかれらがそこにかたまりあった、ひとつの集団をかたちづくると、ある共通な感情のようなものが集約された表情のなかに、おぼろげににじみでてくるようにおもわれるのだった。かたまりあった異民族の肉体のひしめきがたえがたいほどの量感をもって伊崎を圧倒してきた。

伊崎はあえぎながらそれに耐えていた。署長は伊崎たち六人の日本兵のうえにゆっくり視線を移動させながら、フィリピン人たちに何か語りかけた。フィリピン人たちはおたがいにふいにやかましく、しゃべりあいはじめた。かれらのうちの何人かは指を突きたてて伊崎たちに向けた。かれらの眼は執拗に伊崎たちをなめまわした。

そういう状態が五分ほどつづいた。通訳がなにかみじかくさけび、それでかれらはしずまった。署長は自分の背後にからだをくっつけあいながら立っているフィリピン人たちのほうに首をねじ向け、なにか言った。すると伊崎のほうからみて、一ばん左端に立っている中年の男がなにか答えた。つぎにそのとなりの男が同じようになにか答えた。さらにそのとなりの、こんどは老婆が答えた。そういうふうにフィリピン人たちは順ぐりになにか答えていった。

そのうちにひとりの若い女が答える番になったとき、伊崎はおもわず、眼をみはった。伊崎はふいに重い緊張からときはなたれた。伊崎のそれまでこわばっていた表情が、内側からひとりでにひろがってくる微笑のためにゆっくりもみほぐされていった。

伊崎は娘をおぼえていた。娘の顔をいままでずっとおぼえていて、その記憶がいまふいによみがえってきたことが、なにかひどく非現実的な出来事のような気がした。それはほとんど信じがたいことであった。

しかし、たしかに自分は、わずか一瞬の出会いでしかなかったにもかかわらず、娘の顔つきをおぼえていて、数ヵ月の空白ののちにその記憶をほりおこすことができたのだ、とおもった。そこにかれは救いを感じた。しかしそれは正しかっただろうか。

娘はだまって伊崎を見つめていた。娘の上体がぐらっとゆれた。伊崎は息をつめた。娘は両手で自分の顔をおおった。手の甲がすっかりあかじみてしまっているのを伊崎ははっきり見ることができた。娘は、しかし、すぐに両手をはらいのけ、強くその眼を見ひらいた。顔をよごれた手でおおったのは、さらによく伊崎を見るためにしたとでもいうふうであった。

伊崎は微笑を消そうとはしなかった。いままでほとんど考えられないほどの飢餓や疲労や衰弱や恐怖や苦痛や欠乏とたたかいながらここまで生きのびてきたのは、いまこうしてここでこのフィリピンの娘との出会いを持つためだったのだ、そんな考えが伊崎にひらめいた。伊崎はそういう考えに一瞬、酔い、むせんだ。

そのとき、娘は、しずかな足どりで伊崎のほうに向って近づいてきた。娘は署長の横をすりぬけ、署長の前に置かれている大きなテーブルのわきをまわって、それから伊崎の二、三歩手前まで来て、とまった。

伊崎は娘とほんの数秒のあいだ顔をつきあわせて向きあったかたちになった。娘の顔がきゅうにおびえたようにちぢこまっていった。そのとき、伊崎は、はじめて自分がひどい誤解をしていたことに気づいたのであった。娘はいきなりたけだけしさの感じられる動作でうしろをふりむき、署長になにかわめきちらした。署長はこのとき、葉巻をくわえていた。伊崎には、いつ、署長が葉巻をとりだしたのか、わからなかった。しかしそんなことはどうでもよかった。娘がわめいたとき、居並ぶフィリピン人たちのあいだに強い興奮があらわれるのを、伊崎は見た。娘はいそいでふたたび伊崎のほうに向きをかえた。伊崎には娘の小麦いろの顔がそのせつな妙に白っぽく見えた。

娘はいきなり、かっと口をひらいた。伊崎はあごのあたりになまあたたかいものがとび散るのを感じた。反射的にてのひらであごをぬぐった。伊崎にはなぜ娘がそんなふうに、つばを吐きかけたのか、わからなかった。理由のあいまいさが伊崎に屈辱を感じさせた。娘は自分のそんなひどく感情的な行為によけい心をかきみだされたとでもいうふうにからだをこまかくふるわせ、うわごとのようになにか低く早くしゃべり、それから逃げるようにもといた自分の位置にひきかえし、すすり泣きはじめた。

署長がみじかく何か言った。通訳が口をひらいた。

「あなたは」と通訳は言った。「この娘に会ったことありますか」

「イエス」と伊崎は少しふるえる声で答えた。

「そのとき、あなたは、この娘になにをしたのか」

「なにもしません」伊崎は日本語で言った。

「うそ言わないでね」と通訳は言った。

「うそは言わない」と伊崎は言った。

伊崎はあのマルコットの谷間で空襲をさけて身をひそめたとき、当時、陸軍の使役に使われていたこの娘が同僚のもうひとりの娘と同じように避難してきているのに出会った。ただそれだけのことであった。

あのとき、伊崎たちを見た娘の眼に恐怖に似たものが影をおとして走りぬけるのを、伊崎もみとめることができた。けれども伊崎は娘に声ひとつかけなかった。伊崎がしたことと言えば、ただ娘を見たことだけだった。

伊崎は、機銃掃射のなかで娘が同僚の娘と抱きあいながら、すばやく十字を切るのをはっきりと見た。そしてその娘の、恐怖のためにこわばったような手つきを見たとき、ミサの感動をおもいおこしたのであった。あのとき、おれが娘からうけとめたものは、まさに宗教的感動にほかならなかった。おれは見て、そして感動した。おれはなにもしはしなかった。伊崎はそうおもう。

「娘は」と通訳は言った。「お前のためにひどい目にあわされたと言っている」

伊崎は顔いろをかえた。

「うそだ」とかれはさけんだ。

「うそじゃない」と通訳はいそいで言った。「娘の父親はお前やお前のなかまに殺されたと言っている」

「違う」と伊崎は夢中になってさけんだ。「私は知らない。私はなんにも、しなかった。私の手はよごれてはいない」

伊崎は通訳に向って突進しようとしたが、かれのからだはたちまち署長の部下たちの手でおさえつけられてしまった。

そして伊崎は五人のなかまからひきはなされて、ひとりだけ、独房に閉じこめられることになったのである。

伊崎はふっと眼をさました。いつのまにか、うつらうつら、ねこんでしまったものらしかった。なにか夢を見ていたようでもあったが、それがどういう内容のものだったかは、まったくおもいだせなかった。

ふっと伊崎はさむけのようなものを感じた。かれにさむけをもたらしたものは、ひとつの想念であった。それは、あの娘を、おれはほんとうに見たことがあったろうか、という疑問であった。

伊崎はあの娘を見たとき、とっさに見おぼえがある、とおもった。そしてマルコットで出会った陸軍に使われていた娘をおもいだした。けれどもよく考えてみると、あの娘が、まちがいなくマルコットで会った娘であるかどうかもだいぶあやしくなってくるようなのだ。ただたんにおもざしに似たところがあるというだけのことかもしれなかった。しかし、出会ったとき、とっさにマルコットで見た娘のイメージを追っていたところをみると、まるっきり人違いというふうにも言いきれないものがあるようだった。

伊崎にとって不可解なのは、きょうの娘がマルコットの娘と同一人物であるにしろ、そうでないにしろ、なぜ、伊崎が彼女に危害をくわえたと申し立てたのか、ということであった。なぜあんなにも彼女は伊崎をにくまなければならなかったのか。もしかしたら、伊崎のほうが、人違いされたのかもしれなかった。

伊崎はベッドからはねおきた。そうだ、とかれはおもった。彼女はおれをだれかと間違えたんだ。伊崎はからだごと石の壁にぶつかって行った。そして逆に壁にはねとばされて、床に倒れこんだ。倒れたまま、かれはあたまをかかえ、「おれじゃアない。人ちがいだ」とさけんだ。おれはきれいな手の持主なんだ。おれはいちども人間を殺したり、傷つけたりしたことのない男なんだ、かれはそう心のなかでさけびつづけた。かれは倒れ伏したまま、両手でざらざらした石の床をなでまわした。そうしているうちに、さっき、石の壁をてのひらでなでまわしたとき、これと似た感触をいつかどこかであじわったことがあったっけ、と感じたことをおもいだした。あのときその手ざわりを記憶の底からよみがえらせようとしてできなかった。どうしてもおもいだせなかった。

けれどもいまこうして床に倒れていると、その遠い記憶がいやに鮮明に立ちかえってくるのだった。それはかれが初めての聖体拝領をうけたときのことだった。初聖体をすませて、教会を出ようとしたとき、とつぜんわけのわからない衝動につきうごかされて、かれは走りはじめた。そして足をもつれさせて、石の床のうえにころんでしまった。はっとして両手をついた。あのとき、てのひらがうけとめた石の肌の感覚、それをいまかれはありありとおもいおこすことができた。伊崎はしずかにむせび泣きはじめた。

伊崎はふたたび眠りからさめた。全身にぐっしょり汗をかいていた。よじれたシーツに大きな汗のしみができていた。あたまが重く、そしてみだれているようだった。夜がどれほど深まっているのか、見当がつかなかった。からだじゅうの関節がばらばらにはずれてしまったようなぐあいだった。からだをうごかそうとしても、うまくいかなかった。相変らず石の壁がまわりから自分をしっかりおさえこんでいた。

あの娘、と伊崎は考えた。やっぱりあいつはマルコットの谷間でおびえたような眼でおれを見た陸軍の娘なのかもしれない。

おれの顔にどこかしら見おぼえがあったので、一瞬彼女をおそった混乱が、おれを彼女に加害者と見せてしまったのかもしれない。もしかしたら彼女はある種のショックのために正常な判断力を失ってしまい、ほんのわずかでも彼女の記憶のどこかにひっかかっているような人間をすべて加害者と見立てずにはいられなくなっているのかもしれない。

それとも、日本陸軍に使われ、奉仕していたことを他のフィリピン人たちに知られるのを、おそれて、ああいうふうに先手を打って、自分を被害者の立場に追いやっておれをほうむってしまおうとしたのかもしれない。いや、かもしれない、とおもうだけでおれには何ひとつわかりはしない。確実なのはおれがひどい誤解のなかにいるということだけだ。さしあたっておれのなすべきことはこの誤解から自分を解放することだ。そしてそれは不可能なことかもしれないのだ。だがのぞみは捨てないぞ、さいごの瞬間までな。

みたび、伊崎は眼ざめた。しかしほんとうに自分がねむったのかどうか、かれにはよくわからなかった。眼ざめた、とおもう瞬間はあっても、眠ったという自覚はまったくとぼしかった。あたりが明るみはじめているのにかれは気がついた。天井からさがっている裸電球のひかりが外側からさしこむ明るさのために、よわまりはじめていた。かれはあくびをした。ベッドのうえでおもいきりからだをのばした。するとどういうものか、一晩のうちに自分がひどくぜいたくな生きかたをしたような気がしてきた。空気が少し冷えてきていた。かれはくしゃみをした。くしゃみはかれを鼓舞した。かれがげんに生きており、そしてこれからも生きていかなければならない、ということを、くしゃみはかれに教えてくれた。

そうだ、ふいにかれは、あることに考えついた。うまくいけば、おれは救いだされるかもしれないぞ、この方法が成功すればな。

かれは自分がカソリック教徒であることをはっきりおもいだした。おれは自分がカソリックだということを、フィリピン人たちに知らせなければならないのだ、とおもった。同じ神を所有する人間どうしだという理解が、いっさいの誤解を解消してくれることになるだろう、きっと。——

おれは、きれいな手を持ったカソリックなんだ。おれは、やつらとまったく同じ手つきで十字を切ることができるんだ。

かれは足音を聞いたようにおもった。かれはベッドから半身をおこし、耳をすませた。あきらかに靴音がこちらに向って近づいてくるのを聞くことができた。ひとりの足音ではないようだった。かれはいそいでベッドからおりた。室のすみにからだをよせ、ひざを折ってすわりこんだ。

かれは祈ろうとおもった。少くとも祈っているところを、近づいてくる人間に見せてやろうとおもった。そうすることによって自分がかれらと同じ神に同じ姿勢で祈りをささげることのできる人間なのだということをわからせようとおもった。

かれは十字を切ろうとした。しかしどういうものか、それはうまくいかなかった。手がうごきださなかった。かれの右手は伸びきったままだらんとたれさがり、指さきが石の床を無意味にまさぐるばかりだった。かれはいらだった。しかしどうすることもできなかった。足音が近づいてきて、とまった。

のぞき窓の、鉄棒をはめこんだ小さな四角い穴からだれかが内部をのぞきこんだ。伊崎はじっとしていた。石の壁の一部が重くきしんでしずかにうごいた。そこからひかりの縞が流れこみ、独房のなかの埃を浮きあがらせた。伊崎はあくびをした。

石の扉が完全に外側に向ってひらいた。きのうの通訳が背をこごめ、きゅうくつそうにはいってきた。つづいて黒いスータンをつけ、ローマン・カラーでほそい首をしめつけたやせた神父がぎくしゃくからだをおりまげながらすがたをみせた。伊崎にはとつぜんの神父の出現がたいそう新鮮に映った。通訳は、端坐している伊崎の前にしゃがみこみ、「ねむれたですか」ときいた。

伊崎は首をしずかに横に振った。神父は少しはなれて、じっと立ったまま伊崎を見おろしていた。伊崎は神父にスペイン人の血がまじっているらしいのを感じた。神父は左手に黒い皮表紙の聖書を持っていた。それをみたとき、伊崎は胸がいっぱいになってしまった。

通訳は伊崎の手をひっぱって立たせた。それから手まねでベッドに腰をおろせと言った。伊崎はいわれるとおりにした。神父がしずかな足どりで近づき、伊崎とならんでベッドのうえに腰をおろした。神父はタガログ語でゆっくり伊崎に語りかけてきた。通訳が日本語で言った。

「あなたはいま天国の近くにいます」

伊崎は愕然とした。かれは立ちあがった。ベッドがきしんだ。通訳はいそいで伊崎の肩をおさえ、力まかせにベッドのうえにおしつけた。伊崎はベッドのうえにくずれた。

神父がなにか言った。通訳が息をはずませながら、「ファーザアの言うことをよくききなさいね、あなたは死をおそれてはならないのです」と言った。

「ぼくは死にたくはない」伊崎はシーツに顔を押しつけながらさけんだ。「ぼくは何もしなかった。なにも――」

神父が言った。通訳が言った。「あなたは神に召されるときをよろこんで迎えなければならない」

伊崎は声をしのばせて泣いた。神父は伊崎の背なかをやさしくさすりあげた。

「泣かないで」と通訳は言った。「泣かないで」

ふいに伊崎はからだをおこした。顔が涙でぬれていた。伊崎は、自分はカソリックなのだということをいまこそ告白すべきだ、とおもった。カソリックだということを神父に告げて処刑をとりやめにしてもらう以外に自分を救うみちはないとおもった。

かれはそれを口にしようとおもった。けれどもそれはうまくいかなかった。かれの唇がこまかくひきつれるだけで、ことばはそこからもれては来なかった。ふいにかれはからだがふるえだすのを感じた。バイブルをふみにじった日の暗い記憶がよみがえった。おれはあのとき、あの分隊長が言ったようにもう神を失ってしまったのだろうか。

「どうした？」と通訳が言った。

神父が伊崎の両手をにぎりしめた。神父の手はしめって、にちゃにちゃしていた。伊崎は唇をふるわせた。神父がしずかに何かささやいた。

「死を」と通訳が言った。「おそれてはなりません。死を、おそれてはなりません。さあ、祈らなければなりません。祈らなければ――」「ぼくは」伊崎はやっとのことで言った。「カソリックなんです」

通訳はうたがう眼つきをした。それから神父の耳もとで何かささやいた。伊崎は神父の表情のうごきを見のがすまいとした。神父はおだやかな微笑をうかべた。神父はさらに力をこめて伊崎の両手をぎゅっとにぎりしめ、伊崎のひたいに接吻した。伊崎は神父の体臭が自分をつつんでくるのを感じた。その体臭が伊崎の生への欲求を刺戟した。神父は微笑した。伊崎もさそいこまれるように硬い微笑をうかべた。神父は立ちあがり、通訳にささやいた。通訳も微笑し、そして伊崎に向って、

「さあ、おいでなさい」と言った。

伊崎は成功したとおもった。希望が伊崎をすなおにした。かたい石の扉が外に向ってひらかれ、神父が背をまるめ、廊下へ出た。つづいて通訳が出、通訳は、「さあ」と伊崎をうながした。伊崎は背をこごめ、石の扉をくぐった。長い廊下があった。廊下にはひかりがあふれていて、伊崎はかるい目まいをおぼえた。伊崎はよろこびに胸をはずませながら神父の少しうしろから長い廊下を歩いていった。神父はささやくようにタガログ語で祈りのことばを言いつづけた。伊崎も祈りながら歩いた。

長い廊下はやがて切れた。ふいに外のひかりが伊崎をおそった。伊崎はひかりに酔った。神父が伊崎のからだをささえた。

「さあ」と通訳がやさしく言った。「眼をつむって」

伊崎は神父の両腕に全身をもたせ、みちたりた微笑をうかべ、甘えるように眼をとじた。ふいに力が外側からくわえられた。伊崎はびくんとした。閉じた眼のうえに何かがおしつけられた。伊崎は低くうめいた。眼をひらいたとき、かれは自分が眼かくしをされたことを知った。伊崎はさけび声をあげたが、すでにかれの両手首はうしろ手にしばりあげられてしまっていた。神父がやさしくささやき、かれの肩をかるくおさえた。

「さあ」と通訳が言った。「歩いて――」

伊崎は歩いた。

「ぼくは」と伊崎はさけんだ。「カソリックだ。ぼくの手はよごれちゃいない」

神父が早口に熱っぽくささやいた。ことばに妙な量感があった。「とまって」と通訳が言った。

伊崎はとまった。だれかが伊崎のからだを柱に強くおしつけた。うしろ手にまわされた両手が柱にくくりつけられた。伊崎はもがいたが、数人の力がそれを完全におさえつけてしまった。伊崎をそこに残して立ち去る足音をかれは聞いた。だれかひとりだけ、伊崎の近くに残っているようであった。その人物は早口に伊崎に何か語りかけた。その声でそれが神父であることはすぐに知れた。伊崎のひたいにふいに神父の唇がおしつけられた。伊崎はその感触に深い侮蔑をおぼえた。神父も伊崎のそばから立ち去っていった。靴音がゆっくり遠のいて行くのを、伊崎はじっと聞いていた。ふいに伊崎の内部に深い衝動が生れた。伊崎はおもわずさけんだ。

「エリ・エリ・ラマ・サバクタニ」

その瞬間、伊崎は銃声を聞いたようにおもった。

〔1958年8月「別冊文藝春秋」初出〕

ある戦いの手記

一

射撃場はいちめん雪におおわれていた。雪は数日前に降りつもったまま、そこにかたくなにこびりつき、うす白い光の波を、ひえびえとひろげていた。山の中腹を切りひらいてつくった射撃場なのでほとんど陽のさしこむ余地がないのである。風がときおり、裸の木々の梢をこすって吹き抜けていった。こういう風景が一般にぼくたちに投影する観念は、不毛である。ぼくたちはこの不毛のうえにさらに不毛を積み重ねるようなことをしていた。その日、ぼくたちはそこで完全軍装のうえに防毒マスクまでつけて、実弾射撃の演習をおこなったのである。発射音がつめたい空気を切りさいて周囲の切り岸にこだました。そのこだまはどういうものか、そのときどきによって、いく通りかことなったひびきかたをした。その音色の微妙な変化は、何か野生の動物たちの遠吠えにも似たあらけずりな表情をもっているように、ぼくには聞きとれた。ぼくたち一人一人の実包は五個ずつあたえられ、ぼくたちは四列に並んで順番を待った。射撃位置には莚がしいてあったが、それはすでに雪と土とにまみれてなかばドロドロに濡れよごれてしまっていた。ぼくは近眼なので射撃は不得手だし、きらいでもあったが、この日は防毒マスクをつけるために、めがねをはずしており、二百メートルも前方の標的が、まともに見えるわけはなかった。それに防毒マスクも苦手だった。それをつけるたびに、ぼくはいつも自分だけがどこかしら装着の手順を誤っていて、窒息してしまいそうな不安をおぼえる。その苦しみは、ぼくだけのもので、だれにも理解されない、という気がするのである。そこでは炭素粒によって濾過された空気がわずかに送りこまれてくるにすぎない。あわてて息を吸いこもうとすると、濡れ手ぬぐいを口におしあてられたようなぐあいにますます息が詰まってくる。呼吸のたびに、鼻翼からあごにかけてなまあたたかく密着したマスクのゴムが、ぴたッ、ぴたッと執拗にすいついてき、はきだされた息は、そのまま水滴になってゴムをべっとり濡らしてしまう。そこには、いつも何かしら困難で陰湿なものが待ち伏せしていて、ぼくをしめ殺しにかかってくるのである。

すでにぼくは四発を撃ち終っていた。そして当然なことにぼくの得点は零であった。ぼくが四発のむだだまを打ちこむあいだに、井田中尉はぼくの腰のあたりを二回も蹴とばした。それはぼくの姿勢が全くかれの気に入らなかったせいなのであるが、かれの怒りは、第三発目の弾丸が射撃位置から百メートルほど前方の雪原に突きささるように打ちこまれ、そこから、だッとぶざまな雪けむりが舞い上ったとき頂点に達したようであった。

ぼくは五発目の撃発装置を終え、莚の上に立てた両肘に上体の重みを等分に置き、胸を起した。それから床尾板を右の肩胛骨のくぼみにおしあて、しずかに片目をとじた。ぼくは何かをよりよく見極めるために片目をとじたのではなく、それはいまのぼくには両眼を閉じるのにひとしいのである。ぼくの指は引き金に密着し、その腹の部分に鋼鉄のかたい冷たさを吸い集めた。そのとき、ふいにぼくにあれがやってきたのである。そのあれにつき動かされでもしたように、ぼくの指に、ある力の感じが充満し、ぼくの意志とは無関係に引き金を引きつけた。そして全く信じられないことだが、ぼくの撃ち放った弾丸は標的のまん中をつらぬいたのである。その証拠に、看的壕の白旗が大きく円を三回えがいて、ばたッと落ちた。その白旗が虚空にえがいた円運動には充実した重みのようなものが、かんじられ、ぼくの内部のあれと、微妙に照応した。そしてその照応は必然的にぼくを、今夜こそいよいよ決行すべきときなのだ、という決意にみちびかずにおかないのだ。

　射撃が終ってから、しばらくのあいだ、ぼくは少しぼんやりしていた。射撃場の雪の上に小銃の手入れ台が持ちこまれ、そこでぼくたちは、射撃がすむと順ぐりに、洗い矢で銃腔をごしごしこすったり、スピンドル油をさして、丹念に分解掃除をしたりした。そのあいだもぼくはほとんど上の空であった。井田中尉は、ぼくの方をにがにがしげに見ていた。あきらかにかれは、ぼくが最後の一発で標的を射止めたことに不満なのだ。ぼくの手は油でにちゃにちゃしていた。そして寒さのために、かじかんでしまい、指先が何かにふれると突き刺すような痛みが、そこからぼくの心臓をつらぬいてくるようであった。そういう痛みのなかで、ぼくは、いよいよ今夜がそのときなのだ、と自分自身に言ってきかせたりした。すると、その痛みまでが、いままでに経験したどの痛みよりも、一ばん新鮮で純粋な痛みででもあるかのように思われるのだった。

二

ぼくは、あれなどというあいまいで妙に思わせぶりな言い方で、何かをあらわそうとした。そのあれについて、少し書いてみようと思う。ぼくにしてみれば、ただあれとつぶやいただけで、あれの持つあらゆる意味がぼくのからだ一ぱいにあふれ、目ざめてくるのをおぼえる。それは、ぼくの深いところで、ぼくと結びついている。しかしそれを他人に理解できるように説明することは非常にむつかしい。ほとんど不可能に近いことだろう。

一口に言うなら、自分が自分でないべつのものに、ふいに置きかえられてしまうような心の状態、とでもいったらいいのであろうか、そういう状態がときおりぼくにやってくる。最初にそれはかるい衝撃のようにしてあらわれる。がくん、とぼくのからだが突きうごかされる。そしてぼくはそのとき、どこかに持ち去られようとする自分をかんじる。ぼくのからだは、ふいにふわッとうきあがり、そして次の瞬間、無造作にほうりだされてしまうのである。ぼくは自分のからだが何かによって持ちあげられるとき、ズボンだけが、すっぽりぬぎすてられ、ぼくの裸のからだが、宙に浮きあがりでもするような羞恥をおぼえずにはいられない。ズボンだけとぼくは書いたが、ズボンと一しょに、それまでぼくを包んでいたぼくの外殻がそこにとりのこされ、ぼくは瞬間的に、ぼくの外殻から全く自由になった自分を、かんじとる。しかし同時に、ズボンから自由になったむきだしの自分の皮膚に恥ずかしさをおぼえないわけにはいかない。ズボンがはぎとられる場合、それはそんなに簡単にすぽッといくわけではなく、ときには、自分の皮膚をべりべりはがされでもするような苦痛がともなう。そんなとき、ぼくは、じっと息をひそめて、はがされる苦痛にたえるよりほかない。はぎとろうとする力を、なんとかしておしのけようとか、もみつぶそうとか、すればするほど、ますますその力は、強引にくいこみ、ぼく自身を、ぼく自身でないものから、ひきはがすために、ぼく自身をより深く傷つけるという結果になってしまう。

そんな痛みのあとでズボンからひきぬかれたぼくは、宙吊りにされるわけだが、この重力からの解放は、ぼくを自由と羞恥とのいりくんだ、ある陶酔状態にひたしてくれる。つまりこの置きかえ作用をぼくはあれと呼んでみたのである。この置きかえは、しかし瞬間的なものでしかない。やがてぼくは、永続的にぼくをぼく自身でない、別のものに置きかえたい、と考えるようになった。ぼくがぼく自身からぬけ出ることこそ、ほんとうの意味で、ぼく自身の本質を、回復することにほかならないのだから。そしてあの自由と羞恥とのいりくんだ陶酔状態に対するやみがたいばかりの欲求は、こうしてぼくの中でふくらんでいった。この場合、自己からの脱出ということは、井田中尉からの脱出ということに離れがたく結びついている。というのは、ここではぼく自身の存在は、井田中尉とのあらゆるかたちにおける関係のうちにしか見出し得ないからである。

ぼくと井田中尉との関係は、ぼくが陸軍特別甲種幹部候補生という妙に長ッたらしい、いやみな名前の制度の適用をうけて、学業を中途で放棄して、この雪国の陸軍予備士官学校にはいり、区隊長としてあらわれた井田中尉のしなやかな長身と向きあわされた、その最初の出会いの瞬間、おどろくべきすばやさと綿密さとで、あっというまに、可能な組み合わせのすべてをあますところなくふくんだ完璧なかたちでみごとにはりめぐらされてしまったのである。もはや、ぼくはこの網の目から、一歩もふみはずして行動することができないという認識は、ほとんどぼくを絶望的にした。

このような人間関係の可能性について、学生時代のぼくだったら、たぶん信じなかったに違いない。井田中尉とぼくとの関係の基調をなすものは憎悪である。そしてそれが憎悪であるという意味において、ぼくと井田中尉との関係はきわめて単純なものだ。ただぼくにとっておそろしいのは、その憎悪のもう一つおくにひそむものの正体が理解できないことである。かれのぼくにたいする心のうごきには、憎悪という概念からはみだしたなにかがある。いや、はみだしている、というかんじかたは、ぼくのまちがいで、憎悪がその純粋性をたもつためには憎悪はいかなる動機からも自由でなければならず、通常一般に憎悪とみなされているものが、いつも道づれにしている随伴的なもろもろの行為からもたちきられた場所で、それ自身の炎を燃やしていなければならないはずであり、そういう完全に純粋な憎悪というものは燃焼度の高さによって、ともすれば、他人の眼になにか過剰なものを、かんじさせずにはおかないのかもしれない。

いいかえれば、欠けているものがないために、なにかがあまっているように見えるということであろう。

ぼくには井田中尉のぼくにたいする憎悪はそれゆえどこかしら神秘化されたものの持つ暗いひえびえとした気配に包まれて迫ってくる。

無力なぼくにしてみれば、現在のぼく自身や井田中尉から脱出し、ぼくと井田中尉との結びつきを、それぞれの仕方で周囲から支えているところの、この予備士官学校生活にぞくするすべてのものを、たちきり、自由になるためには、ただ逃亡というぼくに保留された最後の手段をえらぶよりほかないのである。そしてその逃亡は今夜決行されなければならない。第五発目の弾丸が的を射抜いたとき、その決定は、天啓のようにまっすぐぼくの上におりてきたのである。

ぼくはいままでに、脱出にそなえて、毎週二回定期的に支給される夜食の乾パンや菓子類をほとんどひとかけらもたべずに、せっせとためこんできた。食欲とたたかい、こいつをねじふせるということは絶大な勇気と忍耐を要するだけに、かなりの分量をたくわえるに至ったいまではむしろ愉快な思い出として苦闘のみちあともふりかえることができる。そしてそのようなぼくの不断の忍耐力と精神のはげしさとをもってすれば、逃亡もかならずや成功するに違いないという確信もどうやら胸に根をおろしはじめてきた。

ぼくは乾パンとパン菓子のほかに一升ちかくの生ま米もかくし持っている。これは演習のたびごとにひまをぬすんでは附近の農家へ忍びこんで、こっそり恵んでもらってきたものの総量である。ぼくがこれらの食糧を蓄積するためにどのような苦心をつみかさねたか、たとえば食欲とたたかいつつ、いかにしたらガキのような戦友たちにさとられずに、しかもかれらの眼にふれぬ秘密な場所に、かくすことができるかについて、ぼくがこころみた行為のかずかずは、書きつらねていったらそれだけですでに一篇の物語が成立ちうるほどのものなのだ。

さて、これでぼくの脱出の準備はほとんど完了したわけであとは夜がくるのを待っていさえすればいい。その夜、ぼくは自習室にいた。ぼくたちは毎晩夕食後、自習室で学科を自習することになっていた。日夕点呼は、週番士官が各区隊の自習室をまわって歩き、それぞれの自習室でとることになっていた。この自習時間には自習以外のすべては禁止されていたにもかかわらず、ぼくたちはひそかに手紙を書いたり小声で雑談をかわしたりした。するとなんの前ぶれもなくいきなりがらッと扉をあけて週番士官がはいってくることがあり、その瞬間、うすぐらい室のなかには殺気に似たぶきみな沈黙がそれまでのたるんだ空気にとってかわり、室をおもたく閉ざすのだった。のろまな候補生は便箋をしまいそこねて週番士官に手ひどくなぐられる。したがってぼくたちは自習時間のあいだは、たえず入口に気をくばっていなければならなかった。じっさい、ぼくたちは入口の扉が音をたててあけられるたびに、どきッとした。そしてそれが便所から帰ってきた候補生であったりすると、ほッとした。そのたびに心臓がぎゅッとちぢみあがったり、ほうッとひらいたりした。ぼくは入口とは反対側の窓ぎわの一ばん前に席をしめていた。したがって神経を緊張させていさえすれば、ほとんどどじをふんで週番士官になぐられたりこづかれたり蹴とばされたりしないですんだ。ぼくは今夜の逃亡にそなえて机の中をひと通り整理することにした。戦術のノートだとか典範類はもうぼくには不要になるはずなので、そのままひきだしのおくへつっこんだなりにしておいたが、手紙やおりにふれて書きなぐった感想文のたぐいは適当によりわけてものいれにしまいこんだ。ぼくはこれらの仕事をうきうきした気分で手早く処理することができた。このことはぼくをある程度自信づけた。どうやらかたづいたなとおもわれたころ、ぼくのあたまのちょうど右横にあたるガラス窓を外から乱暴に棒きれかなにかで叩く音がした。おどろいて顔をあげると、遮光のために張りめぐらした暗幕の向うで顔はみえないが、今週の週番士官井田中尉のいらだっているようなどなり声がした。

「灯がもれるぞ、灯が。まる見えだ」

そのどなり声は室中にひびきわたったので、候補生たちは、さッと身じまいを正し、いつ週番士官が姿をあらわしてもいいようにすばやく身がまえるのだった。

まもなく入口の扉をあけて、井田中尉が、精悍そのものといった姿をあらわした。かれは、ぼくのほうへ一直線に床をけとばすようにぎしぎしいう靴音をたてながら進んできた。

「桐島」井田中尉はぼくの眼をにらみつけた。「なんべんいったら遮光が一人前にできるようになるんだ。ひとすじの灯のもれから、街全体が火の海になるかもしれないという理窟がきさまにはのみこめないのか」

かれはミミズクのような眼に、にぶいあざけりのいろをうすくにじませた。ぼくの額をさもこばかにしたような手つきでかるくなでるようにしてゆすりたてた。ぼくはかれの大きなてのひらの揺れ動きにつれて、あたまが前後左右にぐらりぐらりかたむくのにまかせていた。

「きさまのあたまは、からッぽなんだな。そうだろう。え、叩いたら西瓜のような音がするに違いないさ」

かれは大きな眼をぎょろッ、ぎょろッと、間断なくあたりへくばりながら、てのひらだけぐらりぐらりとうごかしつづけた。ぼくはぐらぐらゆれるあたまを相手のてのひらのしめっぽいぬくもりのなかへあずけッぱなしにして、できるだけこころをうつろにすることにつとめた。

週番下士官が「点呼」とどなったので井田中尉はやっとぼくからはなれた。番号をかけるとき、ぼくは席の順で一番に当っていた。取締り生徒（候補生たちが一週間交替で順ぐりに勤めることになっている）が「番号」と号令をかけ、ぼくが「イチッ」とどなると井田中尉は「やりなおしッ」といった。

「一番がそんななさけない声をだして点呼がとれるとおもうか」というのがかれの言い分なのである。四度目にやっと合格した。ぼくの発声はそれほどだらしがないわけではないはずだし、それは井田中尉も十分みとめているとおもわれるにもかかわらず、かれは、ぼくに四回も「イチッ」とどならせた。

点呼がおわると、井田中尉は第一中隊のある候補生がジフテリアで陸軍病院に入院中のところ二時間ほど前、死んだという報告をした。ぼくは二十代の青年がジフテリアで死ぬということにべつに奇異の感をおぼえなかった。それほどまでにぼくたちの肉体はもろくなっていた。いまのぼくたちにとって、ころりと参ってしまうことほどたやすいことはないようにおもわれた。ぼくたちはこれで十二、三人の戦友を失った勘定だった。

井田中尉は「いいか、みんな死ぬんじゃないぞ。なんといっても生きることだよ。敵とぶつかるまではな」といった。その声はどことなく沈んだものをふくんでいてぼくはいやだった。ぼくたちは、すくなくともぼくは、死がもうすぐとなりの室あたりにまでやってきているような寒気をおぼえた。

ぼくたちは、ほとんど死というものをまじめに考えようとはしていなかった。ぼくたちが死を口にするとき、それは多分におどけたようなふんいきをともなった。あるいはそんなおどけたような色合いにおいてでなければぼくたちには死が語れなかったのかもしれない。ぼくたちは、いずれにせよ、死という観念に多少のアイロニカルな笑いの要素を添えることを忘れはしなかった。井田中尉と週番下士官が去ったあと、ぼくたちは口々に「死ぬんじゃないぞ。死んじゃだめだぞ」とわめきながら笑い合った。「そうだよ。ボタ餅と白米をたらふく食うまではな」

つまりぼくたちにしてみればボタ餅や白米が食えさえすればいつ死んでもかまわなかった。それほど死はぼくたちにとって喜劇化されて語らねばならなかったのだ。

おれは死ぬかもしれないな。寝床へもぐってからぼくは考えた。もし今夜、脱出が失敗すれば。そしてたしかに成功するとはいいきれないのだ。いやかりに脱出が成功したところでどの程度まで生きのびられるか、保証をあたえてくれるだれもいはしない。ぼくは毛布をあたまからかぶり、身をちぢこめて、脱出の段どりをあれこれ頭の中まで凍りつくような寒さをおしかえしはらいのけつつ組み上げようとした。ぼくはべつに冷え性ではなかったが、足がちっともあたたまらなかった。えりもとから、びりびりするような寒さがしつこくしのびこんできた。毛布の毛屑がべとべと口のなかにはいりこんでくるほど、ぼくは顔を、毛布にしっかとおしあてていた。眠れるわけは、はじめからありはしないのだが、眠ってはいけないと自分にいいきかせた。ぼくは毛布のなかで、ぶるぶる、やせたからだをふるわせた。逃亡が成功しても、失敗しても、おれはそれだけ死に近づいていくのではないか、と考えた。血の凍るような不安があった。ぼくが自殺ではなくて逃亡をえらんだ理由は、死ぬのがこわかったからにほかならない。ぼくは井田中尉とぼくとのあいだにかたちづくられ、そしてしだいにふくらみをまし、深まりを加えてきた憎悪の幾場面かを、過去からよびもどすことによって血の凍るような不安に耐えようとこころみた。とにかく夜中の一時までぼくは井田中尉との過去におけるかかわりあいを回想することにした。そして一時に、毛布からぬけだすのだ……。

三

ぼくは大きく発達した耳殻が顔をつつむほどそばだち、ひろがり、そして眼のたまが精力的にぎょろッ、ぎょろッと光りうごく井田中尉のふしぎな容貌を網膜にうかべた。かれのなかで最も生き生きとしている部分は眼のたまだった。かれの顔ではただ眼のたまだけが生きていた。唇はとじたまま、眼だけは笑ったり怒ったりなやんだり悲しんだり勝ちほこったりした。もっともなやんだり悲しんだりというのはぼくの想像でじっさいにはぼくはそのような表情をかれのうえによみとることはついにできなかった。

しかもその眼はひたすら非情の強さに生きているというふうである。ぼくたちは、とりわけぼくは、その眼のちょっとしたうごきやひかりぐあい、かげのいろにさえもおびえ、おののき、あるいはもだえなければならなかった。その眼はぼくたちの全存在を完全につかまえ、ひきずりまわし、うちのめし、こなごなにした。ぼくたちはその眼がぼくたちに投射するかれ自身の要求をできるだけすばやく、しかも確実にうけとめ、その相手の求める方向にみずからを投げこみとけこませることによってのみかろうじて自分の存在をつなぎとめることができた。ぼくたちにとってはもはやかれの眼それ自体がすべてだった。ぼくたちはその眼のなかに生きるよりほかに存在の場所を失っていた。

ぼくは、さいしょかれをみたときに電気にうたれでもしたような一種名状しがたい不快なしびれをおぼえた。ぼくはある程度直観で自分の肌にあう人間とそうでないものとを識別しうる能力を持っている。その能力には自信があった。それは弱者に固有の能力とでもいうべきかもしれない。もちろん井田中尉はぼくのこの能力によって、いちじるしく好ましからざる人物として判断された。そしておどろくべきことに、それは、まだ顔をあわせてから一時間とたたないうちにあまりにも鮮烈な事実を通して実証されたのである。

ぼくたちは学生服を与えられた軍服に着かえると外へ出た。背の高い順に二列横隊で並ばせられた。

「きさまたちはからだに自信があるかな」井田中尉は意地のわるそうな声でいった。「軍隊というところはなまやさしいからだや気もちじゃつとまらない。びしびし叩きあげるからそのつもりでおれ。このうちの何人かは途中でぶッ倒れるかもしれん。それでもいいんだ。さきへいって落伍するのも、はじめから落伍するのも、結果は同じだ。もしきさまたちのなかで、おれにはとてもつとまらん、おれは途中で死ぬかもしれん、とおもうものがいたら遠慮なく一歩前へ出ろ。後列は二歩、前へ出るんだ。ふうむ。だれもいないな。ほんとうに大丈夫か。あとになってぶッ倒れても、おれは知らんぞ」

かれはぼくたちの顔をひとりひとり、歩きながらにらみつけるようにして見ていった。ちょうどぼくの前にきたときかれの顔がゆがんだ。すくなくともぼくにはそうみえた。ぼくの気持は、ひどく動揺していた。からだはそれほど弱くはないつもりだったが、かけ足は苦手だし、団体生活のきらいな自分には、むりかもしれぬという気がしていた。ぼくはそれでもほかの連中が身をかたくしているので出ようかどうしようか迷っていたのだが、ぼくの前に来た井田中尉の顔が、へんなふうにまがったとき、ぎくんと胸をつかれて、おもわずさそわれたように一歩前へすすみでてしまった。あやうくぼくは井田中尉にぶつかりそうになり、ちょっとよろけた。すると相手はさも満足したように、にやにやッとした。瞬間、ぼくは、しまった、とおもった。前へ出たのはぼくひとりきりだった。

「候補生」井田中尉はぼくによびかけた。「名前をいえ」

「桐島義之です」

「ですという言いかたは軍隊では通用しない」井田中尉はふきげんそうにいった。

「桐島義之であります」

「ふむ。前へ出た理由をいってみい」

「ぼくは」ぼくはあわてていった。「途中で倒れるかもしれないという気がします」

「もういちど」相手は無表情にいった。

「ぼくは……」

ぼくが言いかけるとそれを途中でピシャリと叩きふせるようにかれはかぶせた。

「ぼくとはだれのことか」

ぼくは「じぶんは」といいなおした。

「じぶんは、というのは兵隊言葉だ。国軍の初級幹部になろうというものがそんな兵隊言葉を使うのはよくない」

ぼくは返事に窮した。

「どうした。軍隊ではなにも答えないということが一ばんいけないんだ」

ぼくにはこの男のねっとりからみついてくるような物言いがたまらなかった。かれはぴたッとすいつくようにぼくのからだに自分のからだをすりよせ、上からぼくを侮蔑的なまなざしでみすえた。五尺七寸はあろうと思われた。

「大学をでたくせに自分のことをなんといっていいかわからない。わからなければ教えてやろう。わたし、と言えばいいんだ。ぼくだとかハチのあたまだとか言うから、おれはおこるんだ。やりなおしッ」

「わたしはからだのぐあいがわるいんであります」

「そら、また言う。わるいのであります。なんておかしな言い方があるか。わるくあります、といえ。きさま、日本語を知らんのか。いいか、ほかのものも、げらげら笑っとらんで、よくおぼえておくんだ。よくあります、わるくあります。いいな、こういうんだぞ」

ぼくはもういちどそのわるくあります、、、、、を繰返さなければならなかった。せなかに仲間たちの視線をかんじた。笑っているやつも、あわれんでいるやつも、軽蔑しているやつも、恐れているやつもいるだろう。背後にひしめく感情の複雑なうねりが、ぶあつくひろがりぼくをおしつつんでくるようだった。ぼくは軽いめまいをかんじた。すぽん、と自分のからだが暗い地点にのみこまれていくようなむなしさがあった。

「よしわかった。からだに自信がないというわけだな。途中で倒れるかどうか、おれがみてやろう」

ぼくはかれのことばのかげに妙につめたいもののあるのをかんじて不安になった。相手はぼくからはなれると両手を腰にあて、足をすこしひらいてそり身になった。

「桐島」とかれは言った。「あそこに国旗掲揚塔があるだろう。あそこまで何メートルあるとおもうか」

「百五十メートルぐらいだとおもいます」

「まあそんなとこだな。それじゃ、いまから全速力であそこまで走って戻ってこい。全速力でな」

もちろんぼくは全速力で走った。じっさいぼくは心臓が破裂するのではないかとおもったほどだ。走り戻ったぼくに向って相手はさらにこういった。

「桐島、あの練習用のワラ人形に突撃するんだ」

ぼくはまた五十メートルほど走って刺突用のワラ人形のまえまでいき、井田中尉の「突ッ込め」の号令にしたがって、ウワァッと喊声をあげてワラ人形に体ごとぶつかっていった。三度目にぼくはワラ人形のほうから突き倒されたようなかたちでワラ人形の足もとにぶっ倒れてしまった。ぼくはもう死体かなにかのようになってうつぶせになったままからだを起すこともできなかった。目はくらみあたまはガンガン鳴り、意識はおもくみだれていった。ぼくの肺からしぼりだされる息はまるで火のようだった。ぼくは火か、でなければ血を吐きそうだった。頬が地べたにのめりこむようにくっついた。土の感触が頬から唇のはしのあたりにまでひろがりしみとおってきた。ぼくは唇を大地におしあてた。吐く息のために地面がふうッとそれだけ遠のいていくようだった。からだ中が燃え上った。井田中尉がやってきた。長靴がぼくの鼻さきにのびてきた。ぼくは踏みつぶされるのではないかとおもい、そうされてもいいような気になった。相手はしゃがみこんだ。

「どうだ。とうとう倒れたな。あたりまえだ。おれはきさまが倒れるまで何回でも〝突ッ込め〟をかけるつもりでいたんだからな。死にそうか。どうだ、自信はあるか。くにへ帰るか軍隊にのこるか」

ぼくは石ころか虫けらになってしまっていた。ぼくはなにかを言おうとした。助けてくれ、そう言おうとしたのかもしれない。あるいは、水をくれ、といいたかったのだろうか。けれども言葉はぼくを拒否した。ぼくの内部ではすべてがばらばらにきりはなされ、かたちをかえ、ぼくからはなれていった。こうしてぼくの変質は、おこなわれた。ぼくはみんなから特別な眼でみられるようになった。もちろんいい意味のそれではない。桐島義之という人間のもつ意味が学生時代のそれとは全く内容をかえて、べつの光におもたく照らしだされていく過程を、ぼくは自分自身の存在感のうちにハッキリたしかめ、とらえることができた。

四

井田中尉はぼくたちにお互いの顔と名前を一日もはやくおぼえさせることに熱中した。生死をともにする戦友はお互い同士、一刻もはやく理解しあわなければならないとかれは考えたのであろう。かれは機会あるごとにぼくたちのだれかをみんなの前に引張りだして、この男の名前をおぼえた者は手をあげろといってみたり、あるいは四、五人のグループにわけて自己紹介を交互にさせてみたりした。

あるとき、井田中尉はぼくたちを舎後に集めて、円陣をつくらせ、だれかれとなくその円陣のまんなかに立たせて名前を当てさせたことがあった。まだ日の浅かったころのことなのでほとんどの者がお互い同士、名前はもちろん、顔だってろくすっぽおぼえていない状態だった。井田中尉は全く任意にだれかをえらびだすのだが、ぼくは、またしてもこの自分がみんなの前に引きずりだされるのではないかという予感におびえていた。ほかの連中はみんなの視線をあびながら平気な顔でいたり、なかにはわざとおどけてみせるような人物さえいるというのに、ぼくはただそういう立場に置かれたときの自分のぎこちないからだの線や表情のくずれを想像するだけでその場から逃げだしたいほどの恐怖にちかい羞恥の情に全身をこわばらせるのだった。

井田中尉に「オイ」とよばれたときぼくはからだをびくんとふるわせた。それからのろくさした足どりで円陣の中央に出た。自分の顔に血がはいのぼってくるのがハッキリわかった。井田中尉はかたくなっているぼくの肩を妙になれなれしい手つきでぽんと叩くと、両手をぼくの肩においたままぼくのからだをグルグル円陣のみんなに見せるように一回転させた。ぼくはすっ裸で立たされでもしているような気持だった。井田中尉の手つきはいかにも扱いなれた品物をこねくりまわしてでもいるような自信をみせていた。井田中尉とみんなとのあいだにぼくの知らない示し合わせのようなものが成立していて、ぼくを、いいかげんにオモチャにしているのではないかというほとんどたえがたい想像が、ぼくの熱ッぽくなった意識の表面にうかびあがった。ぼくにはみんなの顔などまるッきり眼にはいらず、暗い気流のようなものが、錯雑して流れあう光の波に照らされて、ぶあつい層をうきあがらせつつゆるゆるぼくの周囲を揺れうごいているようなにごった眩暈のみがぼくの視覚を刺戟していた。ぼくはかなりながいあいだそうして円陣のなかに立たされているような気がした。井田中尉が笑いをふくんだ声でいった。

「どうだ、この候補生ならみんなもうおぼえたろう」

そのふくみ笑いにぼくは聞きおぼえがあった。小学生のころぼくの級友にあたまのわるい子がいた。その子の知能のていどはかなり低く、したがって教師も生徒もその子に対するときにはある種の微妙な黙契のようなものができていてなるべくふれないように特別扱いするのだった。しかも優越者が相手をみるときにしばしば示す侮蔑と憐憫とをもってその生徒をいたわり、同時に揶揄することも忘れはしなかったのである。ぼくは井田中尉のふくみ笑いやぼくのやせた肩の上に、いやにやんわりとおかれたてのひらの感覚にその劣等児に対するいたわりと揶揄とをかんじた。しかしその怒りは爆発性のものではなくそれ自身の内面により深くおれまがり突きささっていくのである。その憤怒が羞恥とからみあいもつれあってぼくの内側ではげしくゆれた。

「この候補生の名前をいえる者は手をあげろ」

井田中尉はぼくの肩に両手をおしあてたままいった。ひとりのこらず手をあげたようだった。井田中尉のてのひらから肩さきを通じてなにかがぼくの全身にながれつたわった。ぼくのからだはなえしぼむか、もしくは地面のなかにめりこむかするほかない、とおもわれるのだ。

「よろしい。みんなもはやく桐島候補生のように名前をおぼえられなくちゃいかん」

井田中尉は意味ありげにみじかくくぎった神経的な笑いをしてみせた。ぼくは虫けらのように、あるいは品物のように取扱われることによってぼくという存在のもつ意味が完全に失われ、ぼくはなにか異質の存在へと急速に変貌させられつつあるのだという事実をここでもまた確実におもい知らされた。

五

ところでぼくが井田中尉からハッキリたたかいを宣告されたのは十月のなかごろだった。擲弾筒の実弾射撃が予備士官学校から六里ほどはなれたNという海岸でおこなわれたときのことである。射手と弾薬手とが一組になって射撃をするわけだが、ぼくは弾薬手になったとき、おもわず炸裂音にたえかねて耳に手をやったところを井田中尉にみつかってしまった。井田中尉はものすごいいきおいで飛んできた。かれはまるでぼくが耳に手をあてることを予期していてその瞬間をひたすら待っていたとでもいうふうだった。

「桐島」かれの声帯は号令をかけるときにしぼりだす大声のためにすっかり割れていた。「なんだ、そのまねは。子供のあそびじゃないんだぞ」

かれはいきなり長靴でぼくの背中を力一ぱい踏みにじった。息がつまり、からだのなかからなにかがしぼりだされるようだった。第二弾をこめた。照準をさだめて射手は革紐をひいた。小銃の音よりかなり大きな炸裂音がぼくの耳をはげしくうって、しばらくぼくは聴覚を失った。

「弾着よし」と射手がどなった。それもかすかに聞きとれる程度だった。ぼくは鼓膜がどうかなったのに違いないとおもった。射撃がおわってからもまだ耳鳴りはつづいていた。擲弾筒のほうに向いていた右の耳の奥がしびれているようだった。ぼくは、つんぼになるのではないかとおもい、するとなんともいえない不安が胸をつきあげてきた。ぼくは戦友のひとりに言った。

「きさまの耳は、なんともないか」

相手はなんだつまらんことを聞くやつだと言いたそうな顔をした。

「おれは耳に紙をつめてたからな」

紙きれを耳の穴につめる、ただそれだけの処置をおもいつかなかったために、だいじな聴力をいくらかでも失うということは、考えただけでもぼくのこころを暗くした。ぼくはいつまでもそのことにこだわった。ぼくはクヨクヨそのことばかりおもいわずらった。腕時計を耳のそばにあてためしてみると、左のほうがずっとよくきこえる。ちょっと離しただけでもう右のほうの耳にはセコンドの小きざみな音ははいってこない。ぼくは病的なくらい他人から肉体的な傷害をあたえられることをおそれていた。ほんのちょっとなぐられただけでもぼくは自分の肉体にどこか故障ができたのではないかという想像におびやかされるのである。そしてなんらかのかたちで、大丈夫、故障なし、という事実を確認するまでは、ぼくの神経は、その周囲を執拗にさまよいあるく。

実弾射撃が終ってからぼくたちは帰りの行軍に移った。そのころぼくは慢性化した下痢に悩まされていた。下痢のうえに聴力をいくらかでも失ったかもしれないという不安がかさなって、ぼくはひどく腹立たしい気持にさせられていた。おもったとおりぼくは行軍の途中ではげしい便意をおぼえた。ぼくは歯ぎしりするような思いで列を離れ、井田中尉のところへかけつけた。

「区隊長どの。大便をしにいってよくありますか」

ぼくはそう言ったのである。すると井田中尉は疑わしそうにぼくをにらんだ。

「下痢か。よし、いってこい」

ぼくはほっとして沿道の農家へかけこんだ。庭先に便所があった。戸に銃をもたせかけ、あわてて帯革をはずしにかかった。ぐずぐずしてはいられなかった。ふいに、それは全くふいにであったが、ぼくは背後に人の気配を感じた。それは何か息を殺しながらひっそりぼくの背後をうかがっているといったふうなぶきみさをただよわせていた。背後に立ちあらわれたなにか巨大なものの影のために、ふっと自分の存在がのみこまれてしまう、そんなかんじもあった。ぼくはぎくりとしておもわず振り返った。三メートルほどはなれたあたりに井田中尉が両足をふんばり、腰に両手をあてがった姿勢で立っていた。ぼくはいきなりあたまを叩かれたようなよろめきをおぼえた。だが、ぼくは便意にせきたてられて、おもいきって便所の中へ入った。しゃがんでいるとぼくの全身から汗がだらだら流れた。その発汗は心理的なもののようであった。水のような便が便壺のなかへ音立てて流れ落ちていった。ぼくは井田中尉はとつぜん戸をあけて、なかへはいってくるかもしれないとおもったりした。しかしぼくは立ちあがる気がしなかった。ぼくはこのままじっとしゃがみこんでいるあいだ井田中尉は便所の外で何を考えているのだろうか。かれはこうしてしゃがんでいるぼくの姿勢をおもいうかべながら立っているのだろうか。一体あいつは何だって便所までぼくを追っかけてこなければならないのか。ぼくが逃げるとでもおもっているのか。ぼくが逃げる……。なるほど、逃げる、か。このときはじめてぼくにとって逃げるという行為が一つの可能性としての意味を持ちはじめたのである。だがぼくは便所のなかで逃げようと考えていたのではない。ただこうしていつまでもここにしゃがみこんでいれば、少くともそのあいだだけは井田中尉の支配からぬけだしていられるというふうなことを考えていた。すぐちょっと前ぼくは井田中尉が便所の戸を蹴破ってでも飛びこんで来そうなかんじがしたのに、いまはもう一枚の板戸によってぼくは井田中尉から永久に隔絶され得るのだという考え方になっている。下腹は不快に張りつめていて排泄作用がすんだあとの解放感に神経がときゆるめられるということはなかった。あといくら待っていても、いきんでみても、もうぼくにはなにも起りそうもなかった。それにもかかわらず、まだ一切が終ったわけではないといった状態である。ぼくは便所の中にしゃがんでいる奴と外で立っている奴との質的な相違とは何だろうと考えた。井田中尉とぼくとのあいだにうずめることの出来ない深さでうがたれている溝といまのぼくと井田中尉とを奇妙なぐあいにさえぎっている便所の板戸との類似について考えてみる気になったのである。

ところがそんなぼくの密室での思考は板戸をいらだたしげに叩く井田中尉のこぶしによって中断せざるを得なかった。かれは唇をきっちり結び合わせ、大きな眼玉をすえてぼくを待っていた。その眼はあらゆる感情がつみかさなっている複雑な層を内側にぎゅッと圧縮してでもいるかのような厚みのある光にみたされていた。

ぼくは隊列を追ってかけだした。井田中尉はだまってあとからついてきた。ぼくは息が苦しくなり、かけ足をやめて歩きはじめた。千メートルほど先を行軍の末尾が歩いていく。その一本道は白く乾いていて、いままでぼくが歩いたことのあるどの道にも似ていなかった。けれども実際はその道は平凡な田舎道でしかなかったのである。ぼくは行軍が千メートル進む時間だけ便所にしゃがんでいたのだ、とおもった。するとぼくにはその時間はひどく貴重なもののようにおもわれた。

「こらッ」うしろで井田中尉がどなった。「なぜ歩くか。追いつくまでかけろ」

ぼくは反射的に小銃を左肩にかつぎかえると重い足をひきずるように走りだした。しかし足はおもうように持ちあがらず、砂ぼこりにまみれておもたくもつれ、乾いた地べたをにぶく蹴りつけた。ぼくのすぐあとから井田中尉が走ってきた。かれはぼくを抜こうとはしないでぴったりぼくのうしろ横にくっつきながら走った。

「走れ。走れ」とかれははずみをつけてささやいた。「ぜったい落伍はするな。追いつくんだぞ」

ぼくはハア、ハア口をあけっぱなしにしたままあえぎ走った。井田中尉はしっかりした足どりでぼくにぴったり体をよせたまま走った。かれのからだはスポーツマンのような柔軟性にめぐまれ、むだがなくひきしまった筋肉とがっしりした骨組みとを持っていた。それになによりも内臓が丈夫であるらしかった。かれのからだはあらゆる肉体的な苦痛にも耐えられそうであった。みごとにきたえあげられた肉体のみの持つ強靱なねばりがある。ぼくの足はもつれた。井田中尉の足はかわらぬ歩度を保ったまままみだれない。ぼくの足並みはみだれ、急速に速度も落ち、ただ首だけが前のめりに突き出たぶざまなかっこうになった。ぼくはそんな自分の姿勢を痛烈におもいえがくことによって現在にたえようとした。汗が眼にしみて視界を奪った。口のなかはからからにかわき、あたまのなかが鉛でもつめこまれたみたいに重たくしびれ、じんじん鳴るのだ。小銃を投げだし地べたに打ち倒れそうになるのを支えているものはすぐ横にぴったりくっついて走っている井田中尉に対する暗い抵抗感である。たまりかねてぼくはいった。

「区隊長どの、休んでよくありますか」

言葉はのどの奥に重たくからまり走るさいのからだのはずみに突き動かされていかにも気息えんえんとかわいた唇から押し出された。

「苦しかったら歩度をゆるめろ。とまっちゃいかん。部隊に追いつくまで走りつづけるんだ」

かれの声はいくぶん切れ切れだったが、それでもしっかりしたものだった。ぼくはいまこういうかたちでむりやり走りつづけることによってしか自分の存在が許されない、これこそぼくに与えられた唯一の存在形式なのだと自分自身に言ってきかせた。車輪がとまったら自転車は倒れなければならないようにぼくはその存在を持続させるためには走っていなければならない。しかしそんなばかなことがあるものか。このまま走りつづけたらいつかは心臓が破裂して死んでしまうにきまっている。ぼくはかけ足をとめなければならない。かけ足からぼくを奪い返さなければならない。あるいはぼくから走るという行為を除外しなければならない。なにかをぼくから引きはがさなければならない。ぼくはまもなく死んじまうだろう。よだれが口のはしからだらだら流れはじめた。胸の奥のほうがぜいぜい鳴りだした。ぼくは、ウヘエ、ハハフエー、ホオホオハッハア、と言ったような奇妙なうめき声を、自分の意志からではなしに、無秩序に発した。そのうめき声、もしくは悲鳴はぼくをひどくおどろかせた。もしちっぽけな石ころか、ほんのちょっとした道のくぼみかが、ぼくのつま先をとらえてくれたらいいのに、とぼくはおもった。そういうもののはたらきかけがなくてはぼく自身をこの苦しい行為から救いとることができないような気がしていたのである。ぼくの内部で病んだ神経がいくえにも分裂しせめぎあい電光のように錯綜して走り回った。もうそれ以上は分解することのできない極限の何かが最も生まのかたちではげしく回転したり走りぬけたり突きささったりしているようだった。

ぼくのすぐうしろには井田中尉が無感動な顔つきで、ぴたっとからだをすりつけるようにして同じように走っている。ぼくにかれの表情が見えるわけはないのだが、ぼくにはちゃんと無感動なかれの顔つきがわかるのだ。なんだってこの男はぼくのあとを追ってくるのか。なぜぼくはこの男に追われなければならないのか。またぼくがこの男に追い立てられながら近づこうとしている部隊とは一体何なのか。何かを追うということ、それはひどく無意味で、純粋な肉体の浪費以外のなにものをもたらさない、ぼくはそんなことを考える。実際こうやってふたりのカーキー色の男が白ッぽくかわき砂ぼこりの舞いあがる田舎道を奇妙な足どりで走りつづけるなんておそろしくこっけいな光景であったに違いない。

ついにぼくはぎりぎりのところまで追いつめられてしまった。ぼくののどからはヒイヒイいうかすれた悲鳴が胸を突きあげてほとばしりはじめた。悲鳴のたびに肩のうえで小銃がピョンピョンおどりあがり、やせた肩をたたいた。とつぜんぼくは凶暴な衝動が全身にみなぎりあふれるのをおぼえる。ぼくは衝動をふりはらおうとでもするように、ぐいと上体をうしろ横の井田中尉のほうにねじむけた。おそらくぼくの眼は狂人めいてみにくくつりあがっていただろう。ぼくのその眼に井田中尉の眼がぐっとせまり突きささってきた。

ぼくはわけのわからない叫び声をあげながら、かついでいた小銃を両手にもちかえ、力一ぱいふりあげて、眼の前にひろがる井田中尉の顔面めがけて叩きつけた。

つぎの瞬間、ぼくは大地がかたむき、もりあがり、世界がひどく緩慢な速度で逆転し、ぼくのからだを遠い圏外に振り落すのをかんじた。はげしい衝撃がぼくを打ち砕いた。ぼくにかかわる存在のすべてが瞬間みごとに破壊され、ぼくは自分を失った。二、三分後（とおもわれる）に、それはふたたびぼくによみがえってきた。なんだかふかい霧のような乳白色の流れがぼくの顔のまえにただよい、しずかにゆらめいているようだった。ぼくのからだは大きくゆれていた。ゆれながらぼくのなかでこなごなにこわされてしまったものが徐々にもとの秩序へ呼び戻されていくようでもあった。動揺がおさまってくるにつれて痛みの感覚がどこからともなくやってきた。

「どうした。しっかりしろ」

井田中尉の大きなてのひらがぼくの顔をがっしりとおしつつみ、もちあげ、ぐらぐらゆすりたてた。ぼくのあたまはその振動にたえかねて奥の方でコトコトとうつろな音を立てた。

「とうとう倒れたな。倒れるまで走りつづけたところはなかなかりっぱじゃないか」かれの唇は泣き顔めいてゆがんだ。「銃を持ちかえようとして、きさまは重心を失い、倒れたんだ。おそらくきさまは銃を投げだそうとしたのに違いあるまい。ひょっとしたらおれをそれでなぐり殺そうとしたのかもしれないな。どうだ。ところがきさまはその銃に逆にふり回されてぶっ倒れたんだ」

ぼくはどうやらひっくりかえったときにあたまを地べたにうちつけたらしかった。小銃は手にしたままだった。井田中尉は倒れた瞬間地べたにふっとんだぼくのめがねをだまってぼくにつきつけた。

この地上にいまぼくと井田中尉のふたりしか生きていない。そんな奇妙な感覚がぼくに生じた。あたりはひどくしずかなようだった。ぼくはじっとうごかなかった。死がもうすぐそばまで来ている、とおもった。ぼくの胸は大きく波うっていた。

「区隊長どの」ぼくはやっとのことで口をひらいた。「私はもう死にます」

相手はずるそうに笑った。

「ばかなことをいうな。おれはきさまをぜったい死なせはしないさ。いいか、おれはきさまを一人前の将校に仕立てあげるまでは断然きさまを死なせないつもりなんだからな。きさまが途中で死んだらおれの負けだ。おれはどこまでもきさまに食いさがっていく。きさまの精神を叩きなおすまでは、おれはこのたたかいをやめない」

「区隊長どのは、私をにくんでおられますか」

ぼくはそう言った。痛みがぼく全体をとらえた。かれはうす笑いをうかべた。

「きさまはおれをにくむか」

ぼくは答えなかった。ぼくにはなにかが理解できそうな気がした。それはほんのちょっとからだの位置をずらしさえすればすぐ届きそうな近いところにあるようにおもわれた。けれどもぼくは身動きできなかった。なにかが理解できそうでいながら、もう少しのところでそこまで行きつけないもどかしさがぼくをいらだたせた。その何かがわかりさえすればこの地上にありとあらゆるもののあいだを最も奥深いところでつなぎあわせているものの実体も、つかみとれそうな気がぼくにはするのだった。

六

ぼくは井田中尉をにくむことによって生きようとおもった。憎悪のエネルギイを養分としてぼくは食いつないでいくよりほかないと考えたのである。かれはことごとにぼくを目のかたきにした。陸士出の古典的な軍人気質を持つかれにはぼくのような人間の存在は許すべからざるものにみえたに違いない。かれはあきらかにそのぼくのなかの許すべからざるものを執拗にみつめつづけているようなのだ。かれのその執拗さは偏執狂じみていた。ぼくのこころはともすると、かれの憎悪に甘えかかろうとさえした。ぼくが甘えかかればぼくとかれとを結んでいる憎悪はなれあいのべたべたしたいやらしいものに堕落してしまう。そういう堕落した憎悪ほど疎ましいものはない。ぼくたちはぼくがかれを純粋ににくみかれもまたぼくを徹底的ににくみ、そうやってお互いに憎しみを深めあうことによって存在のたしかさにふれる、という相互拘束的な生の方式でふたりのからだと精神をしばりつけあったのだ。

実際ぼくたち候補生の生活ときたらひどいものだった。こういう生活にたえられる神経はそれ自体すでに異常なのかもしれない。ふつうの神経の持主にはとてもたえられるとはおもわれない。軍隊社会というゆがんだ機構のなかで、そのゆがみに適応して生きていくためにはこちら側もゆがまなければならない。ぼくの場合、自分をゆがめるのに、たえず何かをにくむという意識の緊張がぜひとも必要だったのではないか。ぼくは憎むことによってゆがみ、ゆがむことによって生きのび得たのだ。

ぼくは全く虫けら同然に成りさがっていた。ぼくにとって現実の方向も戦争の進み工合もどうでもよかった。日本の運命とか、歴史の流れとか戦争の意味だとかもすべて興味の対象からずれ落ちてしまっていた。ぼくは国家意識、国民感情、民族の理念といったふうな自分を超えるものにとてもたえられなかった。すべてそういったものからぼくという個体は脱落していた。ぼくはここではアミーバじみていた。ぼくは脱落し、ゆがみ、からだをちぢめおりまげ息をひそめて位置を少しずつずらしながらあとずさりしていたのだ。すると井田中尉が飛んできてぼくの後退をはばみ、ぼくをひきずりだし、脊骨を叩きのばし隊列へ押しこもうとする。ぼくたちはまるで反対の方向へ進もうとしているのであり、だからお互いが無関心でいさえすれば全くふれあうことなしに無限に遠ざかりあうことはそれほど困難ではないはずなのだ。ぼくが望んでいたものは、自分と他人とのあいだをみたしてくれるあたたかい無関心なのだ。その無関心さに保護されることなのだ。

ところでぼくは井田中尉のためにこの寒さだというのに三回も冷水をすっぱだかのからだにあびせかけられてしまった。そのうちの一回はぼくだけでなく、区隊の全員が全く同じ条件のもとに、やられた。銃剣術の時間には原則としてフンドシ一つで体操着上下を着てそのうえに装具をまとうことになっているのだが、寒いので、したに私物のシャツを着用したのがばれたのである。井田中尉はぼくたちを二列横隊に並ばせると寒風が音を立てて吹きぬけていく校庭でいきなり、はだかになれ、と言った。ぼくたちはフンドシ一つのまま地べたに坐らされた。それからかれは、

「手拭いをもって洗面所までかけ足しろ」と命じた。

ぼくたちは隊列をみだしてピョンピョンとびはねるように走った。そうしないと、はだしの足は凍った地べたにそのまま凍りついてしまいそうだったからである。まるで毛をむしられたニワトリが悲鳴をあげながらそこらじゅうを逃げまわっているのに似ていた。ぼくたちはほとんど骨と皮になっていた。

洗面所でぼくたちは一列に並んで井田中尉に水をかけられる順番を待った。ひとりひとり井田中尉の前によつんばいになると、その上からバケツで水をかぶせる。ぼくたちは歯の根をガチガチいわせ、からだをゆすぶり、ぶっつけあったりふれあったりすることによってお互いから体温をすいとろうとして、ひしめいた。ぼくの番になりぼくがよつんばいになると井田中尉はなかなか水をかけようとはせず、しばらくぼくの貧弱な裸体をジロジロ見おろしていた。といっても、ぼくはよつんばいになっているので井田中尉の動作を見ることができず、井田中尉

が何をしているか分るわけはないのだが、にもかかわらず、ぼくにはそれがよみとれるのだ。

ぼくはおもわずからだをちぢめた。ぼくは最初その感触が何であるか分らなかった。ひやっとしたものが首すじにふれ、ゆっくり背中を流れていった。そのぼくの皮膚をまさぐるものが井田中尉のてのひらだと分ったときはぼくは息がとまりそうになった。そのときの感動はむしろセクシュアルなものだった。そしてそれはぼくが予備士官学校で十カ月くらしたあいだに経験したただ一度の性的感動であった。その性的感動は一分間たらずで、次いで乱暴にあびせられたバケツの冷水のために一瞬のうちに洗い流されてしまった。

「きさまにはもう一ぱいやろう」

もう一度あたまのうえから水が流れ落ち、ぼくはあやうくコンクリートの床にへたばりそうになった。ぼくたちは水をかぶったあと手拭いでゴシゴシからだじゅうをこすった。フンドシがびしょびしょにぬれ、下腹に冷気が凝結したようでそこからたちのわるい寒さが全身にひろがった。

二度目は、上履き（スリッパ）で自習室まで歩いていったところを見つかったときだ。自習室と寝室とはコンクリートの石だたみでつながっていたが、その石だたみの上を上履きのまま歩いてはいけないことになっていた。つまり寝室から自習室へいく場合には一たん上履きを営内靴にはきかえ、そのわずか二十メートルほどしかない石だたみの部分だけを営内靴で歩き、また上履きにはきかえて自習室にはいるのである。自習室から寝室へいく場合も同様である。ぼくらはこの非能率的な手続きをしばしば省略して上履きのまま寝室と自習室のあいだをこっそり往き来していた。そこを井田中尉に見つかったというわけなのである。ぼくをふくめて三人の候補生がたまたまこの不運をつかんでしまった。この三人のなかにもしぼくがはいっていなかったなら、あるいは井田中尉は見て見ぬふりをしたのではないか。そうおもわれるふしもないではなかった。これはだれでもがやっていたことで、いままでだれも石だたみの上を歩いているときに、井田中尉に出会わなかったまでのことなのである。

井田中尉はほかの連中を自習室に残し、ぼくたち三人を自習室の扉のそとに立たせて、「はだかになれ」と言った。

ぼくたちは、またしてもフンドシ一つにさせられてしまい、はだかのまま一列に並び、井田中尉の号令で歩調をとって歩きはじめた。はだかのまま歩調をとって歩くという姿勢がどのようなものであるか、もちろんぼくは他人のそういう場面に出っくわしたことがないので何とも言えないが、それはそのすがたを、親兄弟とか恋人とかに見られたらもう生きてはいられないほど屈辱的なものに違いない。軍隊式に脊骨をしゃんと伸ばし、あごをひきつけ前方を見すえて両手を折り目正しく交互に振り、上腿が水平になるまで正確に膝を持ちあげ、きびきびしたむだのないから、、、、だはこびで前進するというのは、きちんと軍服をつけゲートルをまき軍靴をはいたうえではじめて一つの意味を持ちうるものであろう。それを裸の人間に強いることの矛盾、その矛盾が井田中尉には絶妙なこっけい感を、またぼくたちにはたえがたいまでの羞恥と屈辱感とを与える。それはぼくたちのやせてぎくしゃくした貧相な肉体をさらに誇張したかたちでいちじるしくこっけいで醜悪なものにみせる効果しか持たないはずだ。ぼくは全く井田中尉の操り人形でしかない自分をかんじた。かれが「足をあげろ」といえばぼくはそうしなければならなかったし、かれが「手を振って」と号令すればぼくはその通りに従わなければならない。ぼくは自分の内部があばかれ、おしひろげられ、ひっぱられ、突っつかれ、つまみあげられ、要するにさんざんいじくりまわされるにまかせていた。

やがてぼくはかれの意図を了解した。その意地のわるいやりくちにぼくはなんともいえない嫌悪をおぼえた。意地のわるい人間というものは、まず何よりも自分自身にたいして意地わるなのだという言葉をぼくは知っているが、井田中尉はまず何よりも、このぼくにたいして意地わるなのだ。それでも、ぼくたちは可能なかぎりの端正さを失うまいとして、しっかり歩調をとって前進をつづけた。ぼくたちの五十歩ほど前方に水たまりと、雪どけでどろどろにぬかった泥土とが横たわっている。もし井田中尉が停止かもしくは方向転換を命じなければ、そしてそれを命ずることはほとんどありえないのだが、ぼくたちはこっけいな厳粛さで、いやでもそのドロドロのなかへ踏みこんでいかなければならないのである。そして井田中尉の意図はあきらかに、はだかのぼくたちをこのぬかるみのなかへ追いやることにあったとおもわれる。ぼくはギョロギョロひかるかれの精力的な視線をはだかの鳥肌立った背中の皮膚にやきつくようにかんじた。寒さのなかでその部分だけが燃えているような感覚の倒錯があった。ぼくたちは肩を並べて一歩一歩近づいてくるぬかるみと向きあったまま、黙々と歩みをきざんだ。ぬかるみの直前まで来たとき、とつぜん井田中尉は「分隊、とまれ」と呼ばわった。ぼくの右足はちょうどぬかるみのうえに踏みおろされ、泥水がはだかのすねにとびちった。足はぬかるみのなかに、グチャグチャ沈みこんだ。足の指のあいだからつめたい、ぬるぬるした泥の感触がしぼりだされるようにして這いのぼってきた。

打ちあけていえばこのときぼくにやってきたのは軽い安堵だった。この安堵はぼくをとらえたつぎの瞬間はやくもみごとに打ちくだかれてしまったのではあるが。この安堵は、ぼくが井田中尉がぼくたちのうえに科することをくわだてたのは心理的な制裁にすぎなかったのだと、たいへん甘い解釈をしたときに、ぼくのうちにやってきたものなのである。

つまりぼくは、井田中尉がぼくたちに停止を命じたとき、さすがの井田中尉もぼくたちをはだかでぬかるみのなかを歩かせることだけは、さしひかえた、いやさしひかえたというよりも、はじめからかれにはぼくたちをぬかるみに追いこむつもりはなく、ただそういう恐怖をぼくたちの内部にかき立てることによってぼくたちを心理的に罰したのだ、と判断したわけである。

だから、つぎの瞬間に、井田中尉が低い沈みこむような調子で、

「伏せ」

と言ったときむしろぼくはへんな言い方だが、身を切られるような爽快感につらぬかれたのである。けっして誇張していっているのではない。どんな恐怖でも予想される恐怖はすでに恐怖ではない。何かが起るかもしれないという想像が呼びさます恐怖は真の恐怖ではなく、いわばある準備された心の状態とでも名づけるべきものだ。そしてそれは準備されることによって解消してしまう。何かがなんの前ぶれもなしにとつぜんやってきたときに、そのなまなましい事物の直接の影響によって、全身を根柢からゆすぶりあげてくるような恐怖が、一瞬のうちにその人間の全体をあますところなくとらえてしまう、というのでなければ、恐怖の名にあたいしない。井田中尉が「伏せ」と言ったとき、ぼくの存在はこの種の恐怖と最も親密なかたちで瞬間的な結びつきをもったのである。

ぼくはこの恐怖に全身を投げこむといった心づもりで、ひざを折り、泥のなかへ上体を倒していった。腹から胸にかけて、どろどろにとけた泥土が、まるでぼくの裸身から自分たちに必要な養分をすいとろうとでもするかのように、はりついてきた。ぼくの皮膚は当然これに抵抗した。皮膚と泥土との束の間のたたかいがぼくを戦慄させた。しかしすぐに皮膚は泥土にとらえられ、浸蝕され、そしてそこから奇妙な同化作用がはじまった。ぼくはぼくの皮膚が泥のな

かにとけこむのをかんじた。ぼくの体温は急速に失われ、泥はみるみるぼくのなかに滲透し、全身がこおりつくほどの冷えを、おしひろげてきた。

　ぼくはこのぼくを抱きこんでいるものに、ある母性的なものをかんじていた。そしてぼくはこの母性的なものによって何かを奪われている。奪われているという自覚はやがて重い疲労となってぼくの全身にしみわたり、ぼくの筋肉をしびれさせた。ぼくはもうまるで底深い泥沼の深みに身を沈めているようなぐあいなのだ。ぼくの細胞のひとつひとつがぼくからはなれ、こわされ、泥のなかにとけてしまい、やがてぼくそのものまでが泥に似ていく、その溶解作用がぼくのなかで確実に進められている。ぼくは自分自身のこの泥への無限の接近にじっと身をまかしていた。けれどもぼくはやがて泥土から拒否されるであろう自分を知っている。泥土との違和はまもなくやってきた。泥土はぼくをそこからおしだそうとしはじめた。ぼくと泥土とをしっくりとけあわせていた親しい同類意識の代りにぼくと泥土とをひきはなそうとする悪感がぼくの皮膚のうえを占領した。ぼくの肉体は病みはじめた。ぼくの皮膚からは何かの吹出物のようにこまかなぶつぶつが一せいに吹きあがってきた。ぼくのやせさらばえた手や足はもうこれ以上ぼくを泥のなかに支えていることができなくなり、熱っぽくけいれんしはじめた。ぼくの歯はぼくの意志とは無関係にガチガチ鳴りだした。

「立て」

と井田中尉が言った。

井田中尉の立っているのと同じ平面にひきすえられようとしている自分に、ぼくは進んで手をかそうとした。ぼくは立ちあがった。泥土はぼくをこばみながらもそれでもなおいくぶんはみれんたらしくぼくをひきとめるようなそぶりをみせた。ぼくはよろめいた。手や腹やひざや、要するに全身から泥水がしたたり落ちた。井田中尉の眼には自分のあたえた命令がぼくたちの内部にどのような色合いをおびて屈折していったかについてのほんの毛のさきほどの気のくばりもよみとることはできなかった。かれはぼくたちを洗面所につれていき、バケツに水をくんでぼくたちのからだにあびせた。井田中尉には自分がわざわざバケツに水をくんで泥でよごれた候補生のからだをていねいに――じっさいそれはていねいであった――洗い流してやるという行為がすっかり気に入っているようだった。その泥は何かの間違いか、不可抗力によってもたらされたもので、その泥を洗い流してやるという親切さだけが自分のものであるというふうに、かれは信じこんでいるのかもしれない。じじつかれのものごしに、部下をおもう隊長の温情を自分でもそれと意識して相手にほどこすときのいやらしい自己満足をみてとることは、それほど困難ではなかったのである。「どうだ」かれはきげんのいいときの笑い方をした。「これでサッパリしたろう」

七

三回水をあびせられたうちの最後はつぎのようなものだった。負けいくさへの傾斜を大きく示しはじめたころのある日、井田中尉はぼくたち区隊全員を自習室にあつめた。かれはこういった。

「この戦争の目的が何であるか、知っているか」

候補生たちはつぎつぎに大東亜共栄圏の確立とか八紘一宇の世界建設とか聖戦によって世界に平和をもたらすためだとか答えた。そのどれにも井田中尉は同意を示そうとはしなかった。つぎからつぎにでる答えのどれもがかれを満足させないのでかれは少しずついらだちはじめたらしかった。しかし一方には、このとっておきの正解はおまえたちには分るまいといったような一種のナゾときの出題者のもつ自負めいたものものもかんじられた。

「じゃアおしえてやろう」かれは妙にもったいぶって言った。

「アメリカやイギリスを倒すことだ」

それからかれはぼくたちのあいだにあらわれる反応をたしかめようとでもするように注意ぶかくあたりを見まわした。ぼくたちのうえにはある感情のざわめきが流れた。たしかにこの答えにはみんな不満だったようである。

「戦争に理窟はいらん。敵を倒すことだけが目的だ。それ以外のことは東条閣下なりほかのえらいひとがやってくれるんだ。われわれ軍人はひとりでも多く敵兵を殺すことだけを目標にすればいい。いいか、死ぬまえに必ずひとり相手を殺さなくちゃいかん。でなければ犬死だ。われわれの最後の戦場は日本アルプスだ。日本アルプスにたてこもってひとりでも生きのこった以上たたかいは継続しなくちゃいかんのだよ。けっきょく戦争は殺しっこだ。ひとりでもよけい殺したほうがいい。そして最後にひとりだけでもいいから生きのこって敵をみな殺しにしたとき、はじめて戦争はおわるんだ」

かれは自分の言葉にひきこまれ興奮していくようだった。その語調には劇的なもりあがりのようなものがかんじられ、陸軍士官学校出の将校らしい若い律義さがあり、そこからくる実感みたいなものもこもっていた。

「必勝の信念というが、きさまたちは日本が勝つとおもうか。いくら信念があったところで物量の豊富な敵に向ったら負けてしまうだろう。どうだ。勝つとおもうか。いくらおれは強いんだといいばっても自分より大きな相手が三人がかりで来たら勝てるか。どうだ」

かれはぼくたちをこころみようとしているのだ。ぼくはこのこころみにつまずいてはならないと自分に言ってきかせた。ぼくたちは息苦しくなってきた。みんながおしだまっているので井田中尉はぼくたちのうえにのしかかるようにして「どうだ、勝てるか、勝てるか」と問いつづけた。それはどこか禅問答に似ていた。井田中尉はとうとうたまりかねたように、

「桐島、どうだ」

とぼくを指名した。ぼくは当惑した。ぼくはそれでも元気よく返事をして立ちあがった。

「精神力で敵を圧倒するというが、豊富な機動力をたのんでおしよせてくる相手に精神力だけで勝てるかな」

かれはぼくのこころをさぐりにかかってくるようだった。ぼくはかれの問題の提起のしかたに一種のトリックをかんじた。つまりそれはこういうことだ。はじめかれはこんどの戦争の目的を問うた。そして日本が米英を倒すことだという規定のしかたをした。そしてそのつぎに必勝の信念をもちだした。それを、かれは精神力と物質力との対決といったかたちでとりあげてみせた。ぼくはトリックをかんじた、と書いたが、げんみつには、このときにはまだはっきり、トリックをかんじていたわけではなく、たんにあいまいなものをかぎとっていたにすぎない。だからこそぼくは、あぶないな、あぶないな、とおもいながらそう用心を重ねることによって逆に相手のふところにひきよせられ、ついにわなにおちこんでしまったのである。そのトリックというのは、かれが日本は米英に勝てるか、という設問のしかたでなしに、それを精神力は単独で物量に勝ちうるかという抽象的な一般論にたくみにすりかえて問いかけてきたところに

ある。この一般論というかたちにはなんだか危険なものの匂いがあるな、とぼくはおもいながら、ぼくはそれにひっかかってしまったのである。ぼくはこの単純な算術をつぎのようにといてみせた。

「精神力のうえにさらに物量が多いほうがいいとおもいます」

ぼくはあいまいに焦点をぼかして答えたつもりだった。それはたぶんピントのはずれた回答になっていたはずである。

「その物量がなかったらどうか、と言ってるんだ。物量がなくて精神力だけで、物質的にめぐまれた相手に勝てるかどうか、と言ってるんだ」

「精神力というものは」ぼくは自分の言葉が井田中尉の眼にこもる力によってぼくの内部からすいあげられていくようなかんじをおぼえた。「やはり物量の裏づけがあってはじめて効力を発するのだとおもいます」

「すると精神力だけでは勝てないというわけだな」

「はい、それだけではむりだとおもいます」

ここでぼくは完全に相手の誘導訊問にのせられてしまったのである。

「そうか、桐島はそう考えるんだな。では聞くが、日本には物量があるか」

「ありません」

「ない？　そのとおりだ。日本には物量はない。少くともアメリカほどにはない。ではきさまの論法でいけばいくら精神力があっても、物量の裏づけがなくては戦争には勝てんことになるぞ。つまり日本は負けるわけだ。そうか」

ぼくは言葉につまってしまった。ぼくは後悔をおぼえた。一たんぼくの唇からもれて放たれた言葉は井田中尉の胸にぶつかり、そしてぼくに手いたくはねかえってきた。これはもうどうくつがえしようもない。ぼくはあきらかに井田中尉の張りめぐらした論理の詐術の網にとらえられがんじがらめにされてしまったのである。こんな粗大な網の目に足をつっこんでしまった自分のおろかさが、ぼくにはひどくなさけなくおもわれるのだ。ぼくはだまっていた。どうしても、勝てますとはいえなかった。だまっていることは、当然、「負けるわけだ。そうか」という井田中尉の問いを肯定することにほかならない。ぼくの表情はつめたくこわばっていった。

「やっぱりおもったとおりだ。きさまには必勝の信念がないんだ。よし、その根性を叩きなおしてやる。フンドシ一つになって表へ出ろ」

こうしてぼくは三度目の冷水の洗礼をうけたのである。そのあとでぼくはひとりだけ週番士官室によばれ、ストーブの火にすっかりひえきったからだをすりよせるようにしながら井田中尉に不心得をいましめられた。奥行だけばかに長くのびた暗い寒々とした室のなかで、ぼくは井田中尉と向いあって腰をおろした。井田中尉はときどき足もとにころがっている薪をストーブにくべた。かわいた薪をパチパチいわせて燃えあがるストーブの火口をじっとみつめている井田中尉の大きな眼のおくに、その火のいろが、チロチロゆれて映っているようだった。そしてぼくには、なんだか、井田中尉の瞳のおくにもつめたい火が燃えているという気がした。ぼくのからだはすっかりひえきってしまっていて、ぼくのなかで凍りついているものは、なかなかとけそうにもなかった。ぼくはこのあまりなじみのないがらんとした暗い室のなかにもう何年もの昔から井田中尉とふたりきりで、一言もことばをかわさずに、じっとすわりつづけているような錯覚をおぼえた。それを錯覚と言いきることは間違いかもしれないのだ。ぼくのからだが凍っているために時間もつめたく凍結しているように感じられるのかもしれぬとぼくはおもった。ストーブの火は薪のはぜるかわいた音を立てながら燃え上った。火の風をよぶ音も低くはあるが、力強く鳴った。ぼくたちは燃える音に耳を傾けながらかなり長いあいだなんにもものを言わないでいた。井田中尉は気味のわるいほどしずかにしていた。かれの他の部分は石のようにかたくつめたく無表情だったが、眼だけは、かれの組織からぬけだしてひとり気ままに生きているふうで、複雑な感情のかげりを、いく重にもうつしだしていた。少くともぼくにはそう見えた。その眼は何かを考え、その考えに対応した感情の揺れを小きざみに反映した。何かをなやみ、何かをにくみ、何かをよろこぶ感情の起伏が、ややひかえめな波をえがいて、かれの眼のおくで、しだいに火力を強めるストーブの火に映えながら、みちひきしていた。ぼくはある距離をかれとのあいだにおきながら、かれの眼のおくをのぞきこみ、かれの内部にひしめいているものに触れてみたい誘惑をおぼえ、神経を緊張させた。だがぼくはそこからなにも、くみあげることはできなかった。あるいはぼくがかれの眼のおくに、感情のゆらめきをみたとおもったのは、たんにその眼に映った火のいろの交錯したかげでしかなく、かれは何も考えたりなやんだりしているわけではないかもしれなかった。ぼくはふたりのあいだを重たく閉ざしている沈黙の厚みにいらだちはじめた。ぼくはべつに、何もしゃべりもしなければ、何も聞かされもせずにいる状態が、ぼくを苦しめてくる、ということを言おうとしているのではない。むしろそういう、自分が無為のうちに投げだされて在る状態は、ぼくの気に入っているくらいのものだ。ただそういう沈黙がいつかは破られるという想像がぼくにはたえがたい。いつかは必ず破られなくてはならないものとして存在する沈黙が、ぼくのこころにある負担をおしつけてくる。つまりぼくが願っているのはこの凍りついた沈黙の状態のままぼくも井田中尉も水のようにとけ、さらに水蒸気にでもなって消えてしまいたいということなのである。

「うむ、忘れていた」と井田中尉が言った。かれは上衣のものいれから一通のよれよれになった紙質のわるい封筒をとりだした。その手つきで、ぼくは井田中尉は、決して忘れていたわけではなく、その行動をおこすべき時期を、待っていたのに違いないことを見抜いてしまった。

「これはきさま宛にきた書簡だが、きさまに読ませるわけにはいかん。なぜかといえば、これは不正な手紙だからだ。よくみろ。差出人はきさまの父親になっているくせに、なかみは女からのものだ。板垣登代……」

板垣登代という名前をきいたとき、何よりも先に強い羞恥があふれてきた。ほんの少し手をのばしさえすればとどくところに、登代の手紙がある。その手紙は、たえがたい屈辱に身をよじって耐えているといったふぜいで、しわくちゃになって井田中尉の頑丈な指に支えられている。井田中尉は区隊長としての職務上の必要から（そうかれは信じていた）ぼくたちの手紙をときおり検閲した。とりわけ女名前の手紙には神経をとがらせた。やがてぼくたちは、かれが女名前の手紙にだけ眼をとおすことを知った。で、ぼくは封筒の上書きは男名前にするように、と登代にひそかに連絡したのである。もちろん、ぼくたちが正式にだす手紙はすべて検閲されてしまうからそれをさけるためにはなんらかの手段、つまり非合法なやり口をえらばなければならなかった。ぼくたちは野外演習の途中などで通行人にこっそり手紙をたくすすべをおぼえた。こうしてひそかに投函される手紙をぼくたちは員数外の手紙、もしくは私物の手紙とよんだ。

登代はぼくがまだ学生だったころ勤労動員にかりだされていた、ある化学肥料の工場の事務員で、ぼくたちは自宅が同じ方角にあったというただそれだけの理由で、お互いに何か特別なつながりでもあるように思いこみ、急速に親しんでいったのである。ぼくたちにはまだ心理的にも、肉体的にも、決定的な関係ができていなかった。そのくせぼくたちは少くともぼくは、ふたりは結婚して、やがて子供をつくることになるのだ、と信じていた。それは一度だけ彼女と接吻したことがあるからなのだ。ぼくがそれを求めたとき、彼女はかたい表情で、結婚してくれるなら許してもいい、と言った。それがあんまり律義なかんじなので、ぼくは彼女がぼくにあたえようとしているものはたんに接吻だけではなくて、それ以上のものなのかもしれないとおもったほどである。だが、彼女はぼくに接吻をこわごわ許したにすぎなかった。ぼくが結婚しなければならぬと思いこむに至ったのは、そのときの彼女の常識はずれな用心深さのせいである。ぼくは接吻によって陶酔のかわりに、ある重い義務のようなものを、うけとってしまった、としか思えなかった。そしてぼくは、幼なさから、その義務感を愛と取り違えていたのだ。

「いいか」と井田中尉がいった。「お前の見ている前でおれはこの手紙を焼いてしまう。いいな。もうこの女のことは忘れるんだ」

かれは大きな眼をいくぶん細めた表情で、指さきにかるくはさんだ封筒を無造作に火のうえにかざした。その指のかたちは、無感動をよそおっていたが、井田中尉のほうがぼくよりもむしろ感傷的になっている。ぼくは何ということなくそうかんじた。白い封筒のおもてにあかるい炎が息づいて、やがてぼッと紙に燃えうつった。それはたちまちのうちに、かたちを失い、ぽとりと井田中尉の指から落ちたとき灰がみだれとんだ。

「もうだいぶあたたまったろう」

井田中尉は奇妙に弱々しい微笑をうかべてそう言った。ぼくは、ぼくのなかで何かがもうすんでしまった、という気持を、反芻していた。ぼくが自分のちからですまさなければならなかったものが、他人のちからによって、ぼくとは無関係に、すまされてしまったという感じなのだ。井田中尉は、ちょっと頭に手をやった。それはてのひらで額の熱をはかろうとする人のしい、い、い、んきくささをかんじさせた。ぼくは、井田中尉が肩で息をしているのを見た、と思った。この男にはめずらしい疲労めいたものが、いま、この男をおぼろげにふちどっているようだった。

「よし。帰ってもいい」

井田中尉はぼくのほうに顔を向けた。

半月ほどしてから、ぼくはぼくと登代との共通の友人である、ある男から登代が結婚したという知らせを受け取った。かれの手紙によれば、登代はその縁談に迷い、どうしたらよいか、最後の決断を手紙でぼくに問いかけてきたのだが、返事のくる気配もないので、周囲にせかれるまま、結婚してしまったというのであった。それでぼくには井田中尉によって焼きすてられたあの手紙が、その登代の最後の問いをのせたものであることが察せられた。友人は、登代はお前が嫁に行けといえばいくし、行くなといえばやめる決心だったのに、どうしてお前は返事を出さなかったのだと怒って書いていた。だが、ぼくとしてはその友人の言葉を額面通りにはうけとりがたい気がした。登代は、はじめからその縁談をうける気でいたのだが、ぼくに対する彼女らしい気がねが、そのような形式的な問いかけというかたちをとらせたものであろう。とはいえ、その反面、やはり友人の言葉をそのままにうけとって、登代はほんとうに全存在でぼくにもたれかかってきたのだと信じたい気持がうごいた。いずれにせよ、そのときのぼくには、登代を失った、という気が全くしなかったことは、ほんとうである。というのは、このときより以前にすでにぼくは登代を失っていたからにほかならない。

逆にぼくは、何かを得たとおもうのである。ぼくは、もう一度、生き直さなければならない、とおもう内的衝迫のようなものに、つき動かされた。ぼくは、ぼくが自分のちからで、すまさなければならないものが、井田中尉のちからによって、すまされてしまった、と先に書いた。そのすでにすまされてしまったものを、もう一度、自分のうちに呼びおこし、あらためてぼく自身の手によって、やり直さなければならない、そうおもったのである。つまり、ぼくは、明確に、自分自身のさめた意識において脱出を決意したのである。

八

……ここまで回想のみちあとをたどってきたぼくに、現実の感覚が立ち返ってきた。それは寒さのせいなのだ。室内の気温は、汲み置きのバケツの水が凍る程度のものである。ぼくの耳は、ずっとはなれた中隊入口の壁にかけられてある柱時計のセコンドを刻む音さえ、はっきり聞きとれるにちがいないとおもわれるほどのするどい緊張にすみきっている。そのとき不寝番が懐中電燈をぶらさげながらやってきた。もちろんぼくは毛布の中に身をちぢこめている。ジイジイいう電池の音を立てながら室にはいってきた不寝番のかざす懐中電燈の光の輪が、ぼくのうえをしずかに通過していく。

ぼくは月光を照り返す窓外の雪明りを、なんとか文字盤のうえにあつめようと努力しながら、毛布のなかからそっと右手をだして腕時計を見た。一時五分前であった。眠気は全くぼくから去っている。ぼくは、まず毛布からぬけだした。すばやく軍衣袴をつけ、外套を着こむと、寝る前に用意しておいた例の食糧をぎっしりつめこんだ奉公袋を寝台の下からひきずりだした。軍靴をはき、脚絆を外套のもののいれに突っこみ、略帽をまぶかにかぶったぼくは足音を忍ばせて廊下に出た。廊下の天井にぽつんとともった裸電燈の光をあびて、ほこりっぽい廊下の板から壁を這って細長くのびたぼくの影が、すばやくゆがんだ。ぼくは外へ出た。やせた月の光が雪のおもてをやわらかくなめ、洗面所の建物のかげが、ぼうッとにじんだようにその上に落ちている。ぼくは音立てて凍《し》み雪を踏みくだき進んでいった。足もとから夜がひろがっていく。その夜はいくぶんぼくに敵意を抱いているようであった。ぼくはさいわい、だれにも行きあうことなく物品販売所の古ぼけた建物がくろぐろと横たわる裏庭まできた。そこからはまるっきり人の踏み固めた道がついていないために、ぼくは、ズブズブ、足音までうずまる新しい雪のなかを、その抵抗感のうちに生の手ごたえを確かめる思いで歩いた。

「だれだ」

ふいにぼくは低い、だが力のこもったするどい声に呼びとめられた。ぼくは、一瞬、そういう声を、ずっと待ち設けながら歩いていたような気になった。くらい夜の雪のなかに立っているのは、当然、井田中尉であった。ぼくは振り返った。

「桐島じゃないか。どうしたんだ」

週番士官のたすきを肩からかけた井田中尉は、かれのつきつけた懐中電燈の光がとらえた存在に向って、こう言った。そして、つぎの瞬間井田中尉の顔のうえにあらわれたものによって、ぼくはぼく自身の表情を理解した。信じがたいことに、井田中尉の顔は、恐怖にゆがんでいたのである。そしてぼくはと言えば、ごぼう剣を、抜き放っていた。かれはあかりのついたままの懐中電燈を雪の上に投げすてた。光の輪が雪の上を流れて落ちた。相手のぐっとひきしまっていくからだの線のうえにぼくはいま十五メートルほどの距離をとびこえて躍りかかろうとするかれの動物的な闘志を見た。時間はそこで凍りついた。井田中尉の筋肉がまさに相手に向って挑みかかる寸前の絶妙な収縮をみせてもり上ったとおもわれた瞬間、強烈な光の波がぼくをとらえた。雪をかぶった裏庭の松林だとか、物品販売所だとか、地の雪をなめるように這いつくばった灌木のしげみだとか、一度も人の足に踏みにじられたことのない綿帽子のような白い雪のひろがりだとかが、太陽の光の下で見るよりはるかにあざやかな光にいろどられて、そこにそのように存在を浮き上らせた。ぼくは、とっさに、雪のうえに全身を投げかけた。ほとんど頭上すれすれの低さで暗い翼をひろげた艦載機がリズミカルなひびきをまきちらしながら、ぼくを横切った。空襲警報のサイレンがそのときはじめて鳴りわたる。照明弾の落下と同時に身を伏せたらしい井田中尉も、もぞもぞ立ちあがったようで、

「桐島、空襲だ。おれは帰る。おれは何も見なかった。分るな。おれは何も見なかったし、お前も何もしなかったんだ。どこへも行くんじゃないぞ」

と言った。

そしてぼくは逃げなかった。ぼくをその場に残して、よろめくような足どりで中隊に向って帰っていくかれのうしろ姿が夜のなかにとけこんでいくのをぼくは見送っていた。営舎のほう

から、ざわめきがひろがりはじめた。一晩中ぼくたちは生命の不安におびやかされなければならなかった。

朝になって、候補生のあいだからも機銃掃射による十人ほどの犠牲者が出たことが分った。街の五割は焼きはらわれていた。営舎はぶじに残った。井田中尉が機関銃弾に頭をうちぬかれて死んだという事実がぼくの耳にはいったのはひるすぎになってからであった。死体は陸軍病院にはこびこまれたのだが、ぼくは見なかった。ぼくは、気落ちをおぼえた。ぼくは、なぜあのとき脱出を決行しなかったのか、いま、ほぞを噛む思いで、そうおもうのである。あのままかれの言葉を振切って裏の塀をのりこえることが、なぜ出来なかったのか。井田中尉が死んだうえに十人ほども候補生の犠牲者を出しているのだから、ぼくひとりの脱出は、少くとも二、三日のあいだは気づかれなかったに違いない。いや、あるいは、ぼくもまた空襲の犠牲者と誤認されたかもしれないのだ。そしてそれは十分ありうることなのだ。こうしてぼくは自由を失った。そうおもう。

だが、ふと、ぼくは緊張する。それはつぎのことによる。井田中尉は頭を打ちぬかれた。しかしかれは空襲のさいには必ず鉄帽をかぶる男だった。そのかれが頭を射ぬかれたのは、かれがぼくと別れて自室へ引返す途中、うたれたことを意味するはずだ。では、かれの死体が発見された場所はどこだったか。ぼくは、さっきだれかが、それは物品販売所の裏手から厩舎へぬける途中の坂道だ、と言っていたのを思いだす。ぼくはしぜんに、あのとき井田中尉が雪のなかに、ずぶりずぶりはまりこむ足を引き抜くようにして去っていったあと敵機が大きな翼のかげを、雪のうえに重たくひろげて飛んでいった記憶をよび戻す。そしてたしかにあのとき、ぼくは機銃の発射音を耳にした。それは、ひどくせっかちな、そのくせ、やりそこないなどは全然しないといった感じの乾いたリズムに、つらぬかれていた。あれは聞いていて決して不快になるひびきではない。

おもうに井田中尉の不幸は、ぼくを見たことによるものである。ぼくを見さえしなかったら、あるいは、かれはあたまをうちぬかれなくてもすんだのではないか。それとも、少し遅く見たせいかもしれない。二、三秒、井田中尉によるぼくの発見が、早かったら、井田中尉はおそらく敵機がくる前に、ぼくを打ち倒していたにちがいない。要するに、かれは、ぼくを全然見ないか、もっと早く見ればよかったのだ。かれがあのとき、ぼくに向って「おれは何も見なかった」と呪文めいた言葉を投げつけたとき、もしかしたら、かれは何かを予感していたのだ。いわば存在の秘密といったようなものを、かれはつかんだのではなかったか。

だが、人間の生き死になんて、おもえばもろいもんだな、とぼくはおもう。ぼくは、井田中尉の代りになぜぼくが死んではいけなかったのかと考える。それはぼくをセンチメンタルにする。ぼくは、またしても自分のちからですまさなければならなかったものが、井田中尉のちからによってすまされてしまったのを、かんじる。ぼくがかれから自由である前に、すでに、かれはぼくから全く自由になってしまった。この取り残されたような気持、これはずっと尾を曳いてぼくのなかに生きるだろう。

ぼくは可能なかぎりの勇気をふるって言おう。脱出は、これからもなお、繰返されなければならない、と。

〔1957年1月「三田文学」初出〕

P+D BOOKS ラインアップ

P+D BOOKS ラインアップ

居酒屋兆治	山口 瞳	●高倉健主演映画原作。居酒屋に集う人間愛憎劇
血族	山口 瞳	●亡き母が隠し続けた私の「出生秘密」
家族	山口 瞳	●父の実像を凝視する『血族』の続編的長編
父・山口瞳自身	山口正介	●作家・山口瞳の息子が語る「父の実像」
単純な生活	阿部 昭	●静かに淡々と綴られる〝自然と人生〟の日々
十字街	久生十蘭	●鬼才・久生十蘭が描く傑作冒険小説

P+D BOOKS ラインアップ

子育てごっこ	三好京三	●未就学児の「子育て」に翻弄される教師夫婦
喪神・柳生連也斎	五味康祐	●剣豪小説の名手の芥川賞受賞作「喪神」ほか
宣告（上）	加賀乙彦	●死刑囚の実態に迫る現代の〝死の家の記録〟
宣告（中）	加賀乙彦	●死刑確定後独房で過ごす青年の魂の劇を描く
宣告（下）	加賀乙彦	●遂に〝その日〟を迎えた青年の精神の軌跡
フランドルの冬	加賀乙彦	●仏北部の精神病院で繰り広げられる心理劇

P+D BOOKS ラインアップ

女誡扇綺譚・田園の憂鬱　佐藤春夫
●廃墟に「荒廃の美」を見出す幻想小説等5篇

サムライの末裔　芹沢光治良
●被爆者の人生を辿り仏訳もされた〝魂の告発〟

津田梅子　大庭みな子
●女子教育の先駆者を描いた〝傑作評伝〟

四季　中村真一郎
●失われた青春を探しに懐かしの地へ向かう男

白く塗りたる墓・もう一つの絆　高橋和巳
●高橋和巳晩年の未完作品2篇カップリング

誘惑者　高橋たか子
●自殺幇助女性の心理ドラマを描く著者代表作

P+D BOOKS ラインアップ

（お断り）

本書は１９６６年に新潮社より発刊された文庫『硫黄島・あゝ江田島』を底本としております。あきらかに間違いと思われるものについては訂正いたしましたが、基本的には底本にしたがっております。また、一部の固有名詞や難読漢字には編集部で振り仮名を振っています。

本文中には看護婦、使用人、苦力、白系露人、ヤソ、つんぼなどの言葉や人種・身分・職業・身体等に関する表現で、現在からみれば、不当、不適切と思われる箇所がありますが、著者に差別的意図のないこと、時代背景と作品価値とを鑑み、著者が故人でもあるため、原文のままにしております。

差別や侮蔑の助長、温存を意図するものでないことをご理解ください。

菊村 到（きくむら いたる）
1925年（大正14年）5月15日―1999年（平成11年）4月3日、享年73。神奈川県出身。本名・戸川雄次郎。1957年「硫黄島」で第37回芥川賞を受賞。代表作に『遠い海の声』『事件の成立』など。

P+D BOOKS

ピー プラス ディー ブックス

P+Dとはペーパーバックとデジタルの略称です。
後世に受け継がれるべき名作でありながら、現在入手困難となっている作品を、
B6判ペーパーバック書籍と電子書籍で、同時かつ同価格にて発売·配信する、
小学館のまったく新しいスタイルのブックレーベルです。

硫黄島・あゝ江田島

2020年9月15日　初版第1刷発行

著者　菊村 到
発行人　飯田昌宏
発行所　株式会社 小学館
〒101-8001
東京都千代田区一ツ橋2-3-1
電話　編集 03-3230-9355
販売 03-5281-3555
印刷所　昭和図書株式会社
製本所　昭和図書株式会社
装丁　おおうちおさむ（ナノナノグラフィックス）

ISBN978-4-09-352400-1

P+D BOOKS